# Gnadenlos ehrlich

Wenn die Wahrheit
einfach raus muss.

Kurzgeschichten aus dem
ganz normalen Wahnsinn
des Alltags mit viel Gefühl

erzählt von

Manfred Schmidt

Sich auf eine Parkbank setzen, die Augen schließen. Geräuschen lauschen, ihnen ein Gesicht geben. Mit der Fantasie spielen und eine Geschichte daraus machen. Eine Amsel vermute ich, gibt ein „Gratiskonzert". Heute singt sie falsch: "Hören Sie das auch? Ach nein, woher sollen sie das auch wissen" sagt plötzlich eine Stimme von rechts. Ich öffne die Augen. Die alte Dame lächelt mich an. Wir schauen uns an. Sie lächelt mit den Augen. Ihr Blick zaubert diese magische Altersweisheit so selbstbewusst in den Raum. Sie steht auf, ein lächelnder Gruß. Die Amsel hoch oben im Baum verstummt.

Ein Sprichwort sagt „die Umgebung formt den Menschen". Für Hans-Georg traf es zu. Er ist das einzige Kind einer versnobten Lehrerfamilie. Die Mutter drillte nachmittags spindeldünne Nestlinge aus der wohlhabenden Nachbarschaft im Ballett-unterricht. Der Vater, ein mittelmäßiger Grund-schullehrer einer katholischen Eliteschule, lief ständig mit verkniffener Gesichtsmimik umher. Warum, wusste er wohl selber nicht. Vielleicht lag es an der vegetarischen Ernährung, die beide Eltern bis zum Erbrechen praktizierten. Hans-Georg verbrauchte sein gesamtes Taschengeld für heimliche Döner und Fritten- Gelage. Das Schicksal hatte eines Tages Mitleid mit Hans-Georg.

Er hatte drei Tage vor den großen Ferien Geburtstag, wurde elf Jahre alt und hatte einen Wunsch frei. Nur raus aus Stadt und dem miefigen Elternhaus. Zwei Tage später kam er zu Tante Elfriede in ein kleines Dorf in Mecklenburg-Vorpommern. Er war noch nie hier, hatte noch nie Ferien auf dem Lande erlebt. Karli, ein kleiner halbverblödeter Junge vom Nachbarhof, zeigte Hans-Georg schnell die wahren Wunder der Natur. Am meisten imponierte ihn die Mäuse-Show. Karli, dieser animalische

„Moppel" präparierte drei Mausefallen mit Käsehäppchen seiner Wahl.

Die Tötungsapparate waren zuverlässig und hundertfach erprobt sowie einfach in der Bedienung. Sie brachten blitzschnell den Sekundentod.

Schnell stellte sich heraus, die Mäuse schnupperten immer zuerst an einer bestimmten Käsesorte. Der Blauschimmel-Käse war der absolute Renner. Keine Maus kam in den wahren Käsegenuss, der Exitus kam blitzschnell ohne Vorwarnung. Mit ihren offenen, schwarzen Knopfaugen starrten sie auf den vor ihnen liegenden, kleinen Käsewürfel, der ihnen den Tod gebracht hatte. Hans-Georg lief ein eisiger Schauer über den Rücken, als er den kleinen warmen Maus- Leichnam aus der Falle entfernte. Der „Moppel" stand breitbeinig und grinsend daneben. Drei Mäuse weiter schauerte es schon nicht mehr bei Hans-Georg. Hans-Georg war derart beeindruckt das er eine richtige ‚Käsemanie' bekam. Ein Blitzschlag brannte diese Erkenntnis auf seine Festplatte. Von da an chattete er im Internet mit Gleichgesinnten, mit Käseliebhabern.

Mit dreißig Jahren verließ Hans-Georg sein Elternhaus. Unzufrieden mit seinem Single-Leben zog er von einer

Party zur nächsten. Das Heimtückische, so darf man es ruhig nennen, lag zweifelsohne in der Vermeidung einer noch so klitzekleinen Ankündigung. So blieb ihm nicht einmal die kleinste Chance für Gegenmaßnahmen. Hans-Georg war ein pedantischer Käse-Gourmet. Er war als gefürchteter Party-Nörgler allseits bekannt. Harmoniebewusste Gastgeber verzichteten deshalb
auf Käseplatten und Käseschnittchen in ihrem Angebot, wenn Hans-Georg auf der Kommens-Liste stand. Den absoluten Super Gau zelebrierte Hans-Georg vor drei Wochen auf einer Single-Party. Der Single-Börsen-Computer hatte eine Britta als passendes Pendant zu Hans-Georg aus 103 Single-Frauen ausgespuckt. Zwanzig partnerschaftswillige Paare, alle zwischen 30 und 40 Jahre alt, trafen sich am Freitag zum ersten Date in einer ehemaligen Tanzschule, die schon bessere Zeiten gesehen hatte. Der Spaß kostete jeden Teilnehmer 50.- €. Buffet und Getränke all inclusive.

Seine Computer-Braut lispelte ein wenig. Das hatte der Computer wohl überhört. Noch störte es Hans-Georg nicht, ihre enorme Oberweite dagegen irritierte ihn maßlos. Das kann nicht echt sein, wiederholte sein Unterbewusstsein ohne Pause.

Am Buffet war Hans-Georg in seinem Käse-Element, die Offenbarung seiner Käsekenntnisse, für ihn ein Muss. Hans- Georg ist Blauschimmel-Fetischist, er referierte mit hohem Sachverstand. Das Käseangebot entsprach keineswegs der Würde des Augenblicks, schon gar nicht seiner Erwartungs-haltung, aber das sah nur er so. Hans-Georg nahm das Käsetablett vom Buffet-Tisch.

Das war der Augenblick, wo eine höhere Macht Besitz von ihm ergriff. Anders konnte er es sich im Nachhinein nicht erklären. Diese Sekunden in denen er bewegungslos das Käse-Tablett in seinen Händen balancierte, war die Geburtsstunde von zwei Möglichkeiten. Die Tragik lag in dem Umstand, dass beide Optionen das gleiche Finale bringen würden. Doch das ahnte Hans-Georg in diesem Augenblick nicht. Würde er sich für die erste Variante entscheiden und das Tablett mit verachtungsvoller Miene in dem Abfalleimer entsorgen, es wäre das Aus für Beide. Britta hätte nie Hans- Georgs Edelschimmel- Käse kennengelernt.

Hans- Georg entschied sich in diesem Augenblick für die zweite Variante. Er tat das, was er noch nie bei solchen Anlässen getan hatte, er kapitulierte. Ganz tief in seinem Inneren spürte er einen nie gekannten Schmerz und eine Wut, die sich festfraß. Verächtlich schaute er in die Gesichter der Umstehenden, die nun gierig nach den billigen Käse- Häppchen griffen. Ein Ekelschauer kroch über Hans-Georgs Rücken als er sich umdrehte. Vor ihm stand Britta und schaute ihn erwartungsvoll an. Britta war derart beeindruckt von seinem Tun, das sie ihm ein zauberhaftes Dauerlächeln schenkte.

Wie im Trance folgte er ihr auf die Tanzfläche. Das Tanzen ist nicht so sein Ding. Hans-Georg verstand es geschickt, seine Britta an der Bar anzudocken. Die Cocktailprozente machten den Weg frei für das Sympathiepunktesammeln. Hans-Georgs Unterbewusstsein mäkelte schon lange nicht mehr über die ungewöhnliche Oberweite von Britta, im Gegenteil. Das Desaster am Buffet hatte er geschickt verdrängt, vorerst. Brittas Nähe produzierte auf Hans-Georgs Stirn ungewohnte Erregungs-Schweißperlen. Das mit dem Lispeln, na ja, keiner ist vollkommen, dachte er. Der

Alkohol nutzte die Chance und setzte den Beiden eine rosarote Brille auf die Nase.

Britta musste sich auf dem Heimweg verdammt an Hans-Georg festkrallen. Der Alkohol lies das Gleichgewicht tanzen. Hans-Georg war ein Gentleman der alten Schule, er brachte Britta bis vor die Haustür. Die Belohnung war eine minutenlange innige Umarmung, bei der Britta auf der Stelle einschlief. Irgendwie schaffte es Hans-Georg auch noch sein eigenes Bett zu finden. In zwei Wochen nun sollte das Date Nr.2 mit seiner Britta folgen. Er hat sie zu sich eingeladen, sie hat sofort zugesagt. Im Nachhinein machte ihn das ein wenig stutzig, seine erwachenden Hormone vertrieben diese Stimmung aber sofort. Der Käse bekam in Hans-Georgs Kopf wieder die Oberhand. Für seine Britta will er etwas ganz besonderes kreieren. Der Termin ist günstig, sein Roh-Käse ist reif für die Spritze. Hans-Georg nimmt den total verschimmelten Brotlaib aus dem Spezialbehälter. Das übliche Prozedere, mahlen, verflüssigen und mit einer groben Spritze in seinen unreifen Käse einbringen. Das alles hat er schon hundert Mal so praktiziert.

Zwei Wochen später, an einem Mittwoch Punkt 12.00 Uhr, sitzt Hans- Georg mit seiner Britta am rustikalen Küchentisch. Zur Feier des Tages hat er extra eine geklöppelte weiße Tischdecke, ein Erbstück von seinen Großeltern aus Breslau, aufgedeckt.

Er holt die Käseglocke, setzt sich an seinen Küchentisch und schaut mit leuchtenden Augen auf seine Kostbarkeiten und dann ganz tief in Brittas Augen.

Sie haben die Wahl zwischen einem Hartkäse aus silofreier Rohmilch oder einem Schweizer Rohmilchkäse, ausgesprochen ‚Nussig' und von fester Konsistenz. Hans-Georg schildert ausführlich die Besonderheiten dieser Käsesorten. Nur wirkliche Könner beherrschen den giftigen Brotschimmelpilz. Hans-Georg sei einer von Ihnen, diese Bemerkung konnte er sich nicht verkneifen. Dafür zaubert Britta wieder ihr zauberhaftes Dauerlächeln in ihr total überschminktes Gesicht.

Sie entschieden sich beide für seinen eigenen Blauschimmelkäse. Hans-Georg fühlt sich geehrt und geschmeichelt, ein wohliger Schauer läuft ihm über seinen Rücken. Synchrones aufspießen und zum Mund führen. Synchrone Kaubewegung und genießen. Hans-Georg schließt genießerisch die Augen, seine Geschmacksrezeptoren senden die gewünschten Signale. Hans-Georg ist ein Genussmensch gerade was Käse betrifft. Der Käse rollt wie ein edler Tropfen mehrfach über seine Zunge und löst die kleinen Edelschimmelpartikel aus dem Käse. Die Prozedere wiederholt er mehrmals.

Hans-Georg ist so versunken in diese Tätigkeit, dass er nicht bemerkt wie Britta plötzlich anfängt zu würgen. Und plötzlich macht es rums und ihr Kopf schlägt hart auf den Tisch auf. Erschrocken öffnet Hans-Georg seine Augen. Er will etwas sagen, fängt an zu würgen und reißt seine Augen ganz weit auf. Dann macht auch sein Kopf rums und er liegt wie Britta mit dem Kopf seitlich auf der Tischplatte.

Der Zufall, oder die Bestimmung will es beider Blick gilt der Käseglocke. Wenn sich Hans-Georg so sehen würde, aus dieser Perspektive haben die Mäuse aus seiner Kindheit auch auf den Käse geschaut. Nun ist es auch zu spät für Hans-Georg sich für die zweite Variante an dem Buffet zu entscheiden.

Hätte Hans- Georg das Tablett tatsächlich in den Abfalleimer geworfen, so wie er es auch vorhatte.

Hätte ihn der Tanz-Clubmanager seine Garderobe bringen lassen. Britta wäre wohl auch gegangen, aber in eine andere Richtung.

Sie hätten sich nie wieder gesehen und Britta wäre dieser Exitus durch giftigen Blauschimmel-Käse erspart worden. Hans-Georg würde allein hier auf dem Küchentisch liegen. So wäre die zweite Variante verlaufen.

## Halleluja

Es war das Jahr 1949. Er konnte auf schlesisch fluchen, „Halleluja, du Lerge"! Er rauchte dicke Zigarren und spielte in seiner neuen Stammkneipe Skat und Billard bis tief in die Nacht. Er trug lange Unterhosen, auch im Sommer bei 33 Grad im Schatten.

Ein Gaudi für uns Enkel, wenn wir unseren Großvater Hacke voll und laut singend im Bollerwagen von der Kneipe abholten. Immer im Anzug akkurat mit Schlips und Weste. Es gab stets Gezeter und Streit in der häuslichen Notunterkunft, wenn wir heimwärts eintrafen.

Das soziale Elend nach dem Krieg lag wie ein Pesthauch über dem geschundenen Land. Die Flüchtlinge waren überall nicht gern gesehen. Der Großvater schlief in einem kleinen Raum mit uns beiden Enkeln.

In der Heimat war er ein bekannter Buchdrucker und stand in der ersten Reihe im Gesangsverein. Vom Alkohol umnebelt sang er oft noch aus voller Brust im Bett seine Lieder aus der verloren gegangenen Heimat. „Ich furz mir einen Engel herbei", so kicherte er dabei leise, bevor er endlich einschlief. Es war schon lange nicht mehr seine Welt, das Chaos in der Enge drückte auf sein Gemüt. Keiner hat es je erfahren ob je ein herbei gefurzter Engel ihm des Nachts erschien. Eines Nachts hatte er sich selbst auf den Weg zu ihm gemacht. Er nahm Tabletten und ritzte an seinen Armen. Er wollte sicher gehen.

Ich hab dich sehr gemocht lieber Opa, warum träume ich nicht von dir? Wenn ich wach liege in der Nacht und mir grad so ist, hab ich auch in mein Kissen gefurzt und gekichert. Bei mir ist noch kein Engel erschienen und die Erde dreht sich weiter.

## Schamlos

Das perfide an dem Ganzen ist die Schamlosigkeit, der Missbrauch. Der emotionale, gezielte Missbrauch von pubertären Gefühlen der Schüler einer Oberstufen-Klasse in den fünfziger Jahren. In einer Zeit, wo eine unverheiratete Lehrerin mit Fräulein anzusprechen ist, egal wie alt sie ist. Sie unterrichtete in Deutsch und Geschichte. Mindesten einmal am Tag setzte sie sich auf das Schreibpult in der ersten Reihe. Ihr Rock reichte züchtig zehn Zentimeter über ihre Knie. Sie spielte lasziv mit einem Lineal und strich sich dabei über Rock und Beine.

Er saß in der dritten Reihe, genau auf dem Längengrad der zu ihren geschlossenen Knien führte. Wie zufällig öffneten sich die Beine sporadisch einen kleinen Spalt breit und schlossen sich wieder.

Das Schauspiel war wohl inszeniert und wiederholte sich in unregelmäßigen Abständen. Die Fantasie der pubertären Betrachter wuchs analog der kurzzeitigen Öffnung ihrer Schenkel. Gebannt stierten alle, die im Radius der Sichtachse saßen, auf das dargebotene Spektakel.

Sie spielte mit den Betrachtern, benutzte ihr Lineal als erotisches Accessoire. Nach ihrer Inszenierung beobachtete sie in der Pause, wie die Jungen in Gruppen erregt diskutierten, wer hat was genau gesehen. Sie trug einen blauen Schlüpfer, nein rosa, eher grün. Keiner hat den Schlüpfer genau gesehen, oder doch? Sie manipulierte nach ihren Regeln, fütterte die Fantasie der Pennäler und bereitete den Raum für Spekulationen.

## Das Luxusweibchen

Mein Vater wollte einen Sohn, Statthalter für sein Imperium, meine Mutter eine Tochter. Mutter, das Mitbringsel einer romantischen Verirrung eines spätpubertierenden Machos, entkam durch die Hochzeit der Banalität und Enge dem Provinzleben in einem Hotelbetrieb im Schwarzwald.

Mein Vater, bereits Vater einer Liaison mit einem Büroflittchen, rackerte mächtig an meiner Erzeugung. Nichts passierte, die Großeltern bauten Druck auf.

Der Spezialist einer noblen Schweizer Klinik schnippelte an meiner Mutter solange herum, bis die chirurgische Nachhilfe Erfolg versprach.

Ich hatte einen Begleiter in der Wachstumsphase zur Menschwerdung. Meine Erzeuger jubelten, jeder hatte seinen Wunschkandidaten. Was lange währt wird endlich gut, sind wir doch die ersten Zwillinge in der Fortpflanzungsära des Familienclans. Meine Mutter musste leiden, in punkto Bewegung und Ernährung wurden strukturierte Abläufe erfunden. Im siebenten Monat hatte mein Bruder keinen Bock mehr und stieg aus. Ich hatte mehr Platz und Mutter bekam ein hochsensibles Fürsorgepaket geschneidert. Mein Vater war zwei Tage nicht zu erreichen.

Einen Tag verbrachte er bei seinem Liebchen aus den Gründertagen, total betrunken. Den zweiten Tag benötigte er zur Rekonvaleszenz. Am dritten Tag tauchte er mit einem großen Blumenstrauß bei meiner Mutter auf. Von alledem bekam ich noch nicht viel mit, ich musste mich beeilen mit dem Wachsen, wollte pünktlich fertig sein. Ein routiniertes Team von Spezialisten verhalf mir zum Sprung in mein reales Leben. Meine Mutter bekam nicht viel mit, Kaiserschnitt und Narkose zum Finale. Ich hatte Glück, war gesund, alles dran und an der richtigen Stelle. Mutter war Happy und geschafft. Ich mutierte zum Star, zum Begaffer-Objekt in höheren Kreisen. Erste Gehversuche auf dem Golfplatz, Bälle jagen auf dem Tennisplatz. Als Sprechpuppe auf zwei Beinen, Model für abartige Designerklamotten und Clown auf grünen Witwen- Kaffeekränzchen.

Parallel zum Spreizhöschen rubbelte ich im Ponysattel rum. Meine Erzeuger ließen nichts aus. Geigenunterricht, sobald meine dünnen Ärmchen in der Lage sind das Instrument mindestens zehn Minuten freihändig in der Luft zu halten. Eines Tages signalisierten meine Synapsen eine Blockade. Ein Mediziner erkannte es richtig, verordnete eine lange Pause.

Das Leben hatte mich wieder. Ich war lernfähig, wusste wie ich mein eigener Programmgestalter werden kann. Ich reduzierte die Belustigungsorgien meiner Betreuer, Reiten nur noch sporadisch, Musikunterricht schon gar nicht mehr im Programm.

Ich machte meinen Hauslehrern das Leben zur Hölle. Ich stellte beruhigt fest, Zicke sein ist nicht abhängig vom Geldbeutel, eröffnet nur ungeahnte Möglichkeiten. Piercing, Tätowieren, das volle Programm für die Young Generation.

Der Schrecken meiner Erzeuger, mein Erfolgserlebnis. Bulimie-Exzesse hielt ich nicht lange durch, der Hunger blieb Sieger. Den gesellschaftlich erforderlichen Einstieg in die Drogenszene versaute ich mir selbst, weil ich beim ersten Trip einen horrormäßigen Langlauf durch das gesamte Nirwana absolvierte, seitdem will ich davon nichts mehr wissen. Ständig überraschte ich meine Eltern durch spektakuläre Eskapaden. Nachdem eine Horde spontan eingeladener Stadtindianer, auf die nagelneue Sitzgruppe im Wohnzimmer urinierte, rasteten meine Erzeuger total aus. Ein schmales bleiches Bürschchen, eine Auslese aus dem Repertoire der Golfplatzliga, sollte mich bändigen. Eine Woche hielt er stand, dann gab er entnervt auf. Meine Eskapaden trieben meine Mutter an den Rand des Wahnsinns, mein Vater hatte schon lange kapituliert. Er war jetzt fast regelmäßig bei irgendeinem Flittchen auf Asylsuche. Mein hyperaktives Östrogen verlangte nach Kontinuität.

Ich beschloss zu heiraten, möglichst schnell. Auf dem Firmenjubiläumsball weidete genügend Material. Mein Vater agierte als Vermittlungsagentur für karrieregeile Jungstiere und honorige Leithengste. Mein wohlwollendes

Nicken zu einer Scheinoption mit einem Leithengst aus der Führungsetage, versüßte ihm den Abend.

Das unkontrollierte Vernichten von Champagner erleichterte die Kontaktaufnahme zu einem makellosen Männerbody auf dem Schreibtisch des Chefimperators. Das willige Mannsbild entpuppte sich als Programmierer aus der Entwicklungs-abteilung.

Er hinterließ hormonelle Spuren nach mehr. Nicht gerade eine Schönheit, dafür sehr potent. Ich stehe auf ihn, fasle was von Schwangerschaft, will ihn für immer haben.

Mein Gewissen, sofern ich überhaupt noch eines habe, ist so verkommen, dass ich diesen Kerl nur haben will um meine Eltern zu ärgern. Das gelingt mir vortrefflich, nur der Leute wegen wird Eintracht an den Tag gelegt. Zur Hochzeit, noble Geste, eine Villa am Wald, am See, am Stadtrand, gewohntes Ambiente.

Mein Programmierer-Mann wird zum Chefprogrammierer im väterlichen Betrieb gekrönt. Morgen flieg ich nach L.A., mit Roxana. Dort gibt es die besten ‚Tattoo-Stecher'.

## Der kleine Muck

Ein Schienbeintreter, Alptraum jeder Begegnung. Ein Zwerg in Menschengestalt, Ausgeburt des Bösen. Aus dem Restbestand der Asservatenkammer des Hofnarrenkabinetts entsprungen. Was vor hundert Jahren der reitende Rosinanten Zausel im Blechkostüm darstellte, ist mitten im Millennium, dieses Monster auf zwei krummen Beinen.

Der Protagonist ist bespickt mit einer Realitätsverweigerung und Selbstüberschätzung, die nur den einen Schluss zulässt, alt wird er auf keinen Fall. Irgendeiner erbarmt sich. Nichts dergleichen, die Götter weigern sich, quälen lieber die Erdenmenschen, besonders mich.

Beidhändig balanciere ich das bestückte Tablett im SB-Restaurant durch die Gänge. Mein linker Fuß verhakt sich, mangelnde Koordination des Balanceausgleiches die Folge.

Das Schicksal hat ein Einsehen, das Tablett entgleitet mit Besteck und Fastfood-Ware in ein menschenleeres Refugium. Begleitet von Gafferblicke spornt mich mein Adrenalinspiegel zur Schadensbegrenzung an. Ein Wischmopfräulein rümpft die Nase und bohrt den Blick in mich. Ich krame nach Hartgeld zur Bestechung und Deeskalation.

Zeitgleich mit dem Stups in meinen Rücken das irre Lachen. Nanosekunden spiegeln erfolgreich die Festplatte, ich brauche ihn nicht zu sehen, eingebranntes Zwergenlachen, die nächste Folter. Schwupp, da schwingt sich dieser Gnom an meinen Tisch. He Alter, du siehst ich habe nichts verlernt, denke grad, den kenn ich doch. Bevor du mir enteilst, streck ich dir mein Bein zur Begrüßung hin.

Wie geht's, was machst du so in deinem Leben, bestimmt schon fünfzig Jahre her, dass ich euch alle so vermisse.

Wir werfen uns die Bälle zu, Banalitäten ohne Sinn. Er reist seit Jahren mit einer Transvestitentruppe durch die Welt, kommt grad aus London, aus dem Panoptikum Absurdistan. Drei Monate ausverkauftes Haus, ein Zausel im Blechkostüm, spielt Don Quichote, auf seine Art. K. Kinsky ist dagegen Schlafmohn, jedes Finale eine neue Premiere, erzählt er. Zwölf Mann die Truppe, Lesben, Schwule, alles Neurotiker. Maskulin oder feminin, je nach Tageszeit. Der Erlkönig ist zwei Mal in London verlängert worden.

Die perversen Zuschauer toben, wenn er den rettenden Hof erreicht, das ‚Menschenbündel' hoch wirft, oder auf den Boden schleudert, oder es in das johlende Publikum wirft. Einmal hat er das Bündel so hoch geworfen, dass es sich im Trapezboden verfangen hat. Er ist natürlich hochgeklettert.

In Ulm mussten sie ihre Vorstellungen abbrechen, seine Elfenkönig Nummer verstößt gegen die guten Sitten, lautete die Anklage. Er hat sein ‚Bündel' in die Zuschauer geworfen, dafür einen Hund zum rettenden Ritt durch die Nacht in den Arm genommen.

Diverse Anzeigen wegen Obszönitäten, Beleidigungen und Handgreiflichkeiten schmücken seine Vita. Drei Wochen saß er in Hamburg im Gefängnis, alle waren froh, als er es verließ. Wir waren damals auch froh, wenn wir ihn in unserer Straßenclique nicht sahen. Ich täusche einen Termin vor, gebe ihm meine Handynummer und sause davon. Es tut mir schon irgendwie leid, dass ich ihm eine falsche Nummer. aufgeschrieben habe, aber nicht wirklich.

## Der Fingermann

Unbestritten, er hat seine Fangemeinde. Einen Hähnchenbrater vor dem Baumarkt und die Olga, ein Vollweib vom Dönerfuzzler, gegenüber. Der Fingermann ist ein geklonter John-Wayne-Verschnitt ohne Sheriffstern.

Das Bau-marktpersonal gerät bei seinem Anblick in chronisches Vorgruseln. Sein ausgestreckter rechter Zeige-finger, sein Markenzeichen, spielt Navi und mahnt Kinder, er findet immer was zum Korrigieren.

Jeden zweiten Tag streift er sein Revier ab. Fungiert bereitwillig, ungefragt als Einkaufsberater. Spielt schon mal den Hampelmann für Arbeitshosen Größenvergleiche, für ungeschminkte, naturbelassene Schönheiten.

Oder macht den Klugscheißer in der Lampenabteilung. E 27-, E 14- Schraubgewindefassung für Glühlampen. LED-Lampen sein Spezialgebiet. Er outet sich als Raum-Designer in der Tapetenabteilung, kennt sich aus in den Geheimnissen der Farbenlehre. In der Bäderwelt nun die Begegnung der besonderen Art. Sein geschulter Blick hat sie sofort fest im Visier. Zwei Stellwände umrahmen eine komplette Bade-zimmereinrichtung.

Ein Zopf-Mann, im speckigen Streifentrainingsdress, übt Schattenboxen vor dem großen Spiegel. Donquichotterie, Sancho Pancho, ein Zwerg im langen Mantel, hält sich am Einkaufswagen fest und stiert wie blöde auf diesen Kasper. Der emsige Karatekämpfer sammelt Blicke, Gaffer und Anerkennung von einem Nachahmer.

Nun hampeln zwei Bewegungskünstler in dieser hochmodernen Bäderlandschaft herum. Aufgeweckte Zwergenkinder suchen bereits nach der versteckten Kamera. Atemberaubende Sprünge, Arme und Beine wirbeln durch die Luft. Ein Hobby Artist hat sich verschätzt, ein hässliches Krachen. Die Pappstellwand mit Spiegel verabschiedet sich, geht in die Horizontale. Gekonnter Abgang der Protagonisten. Einer flitzt in

Richtung Fingermann, sein Fehler. Der Fingermann fixiert das Bürschchen. Kopfgeld? Fangprämie? grübelt der Fingermann? Dann wird es dunkel für ihn, mehr weiß er nicht.

Als er aufwacht, sieht er einen Engel über sich gebeugt, einen bekannten Engel. Blickkontakt, so nah war er ihr noch nie, ihm wird heiß.

Es ist die Mandy aus dem Kassenbereich. Ausgebildet in Erster Hilfe, dieser Niedergang fällt in ihren Zuständigkeitsbereich. Am liebsten würde er liegen bleiben. Eine innere Stimme mahnt, du bist zu alt. Der Fingermann hört seine eigene Stimme, ich hab ihn gehabt, sein Blick sucht nach Zeugen. Dann schüttelt er sich durch und rappelt sich auf. Weitere Hilfe lehnt er großzügig ab. Ich bin Bergsteiger und Seemann, mich haut so schnell nichts um.

## Die Qual der Wahl

Auf Leonie fuhr ich total ab, wenn da nicht Nina wäre. Beide waren ein Highlight der besonderen Art. Die gesamte Crew in meiner Klasse baggerte die beiden bis zum Erbrechen an.

Leonie und Nina standen auf mich, das spürte ich. Ich konnte mich aber für keine entscheiden, Beide waren der absolute Wahnsinn. Nina trug superblond mittellanges Haar, oft zum Pferdeschwanz gebunden. Leonie hatte dunkle kurze Haare und ein verdammt hübsches Gesicht. Zwischen beiden herrschte ein unsichtbarer ‚Zicken-Krieg'. Jeder spürt dennoch die innige gegenseitige Verachtung.

Auf einer Geburtstagsparty von Linus war die Nina verhindert. So konnte ich Leonie ungestört mit Erfolg anbaggern. Irgendein Neider hatte das der Nina gepostet. Sie hatte mich eine Woche lang nicht gegrüßt. Ich brauchte Rat von kompetenter Seite. Meine Freunde konnte ich nicht fragen, die waren selber scharf auf diese Mädels. Ich brauchte eine Strategie, ein Konzept. Ich suchte mir den passenden Abend. Mutter war zum Frauentreff bei ihren Kolleginnen und mein Vater dümpelte mit der Fernbedienung in der Hand im Wohnzimmersessel. Ich hielt meinen Dad für einen absoluten Experten, was die Frauen betraf.

Schließlich war er schon einmal verheiratet, hatte also schon die nötige Praxis, dachte ich. Ich schilderte meinem Vater also meine Probleme.

Er sagte, „Junge lass die Finger von den Mädels, die spielen doch nur mit Dir! Mit deinen 12 Jahren bist du wirklich noch zu jung dafür"! Mein Vater hatte also auch keine Ahnung von Frauen und allem was dazu gehörte. Ich habe ihn nie wieder in meinem Leben diesbezüglich um Rat gefragt.

Nun bin ich 23 Jahre alt und fünf Meter weiter hinter einer Glaswand arbeitet seit einer Woche eine Louisa. Neben mir arbeitet Lena, ebenfalls seit einer Woche. Mein Déjà-vu-Erlebnis liegt 12 Jahre zurück. Beide Mädels sind der absolute Hingucker, eine Augenweide für uns Männer.

Es brummt jetzt mächtig im Bienenstock, die Luft brennt und die Hormone produzieren Begehrlichkeiten sinnlicher Fantasien. Wir Männer haben unser ‚Rest-Hirn' auf ein Minimum logischer Denkweisen zurückgefahren. Irrwitzige Beutestrategien im Konkurrenzkampf entstehen und werden zu Lachnummern für die weibliche Belegschaft. Ich ziehe eines Tages das große Los und habe ein Date mit Lena.

Keiner in der Firma hat es mitbekommen, ich bin dem Wahnsinn nahe. Weit außerhalb der Stadt, in einem kleinen Landgasthaus starre ich Lena wie hypnotisiert in ihr männermordendes Dekolleté. Ihr Parfüm betäubt meine Sinne. Krampfhaft versuche ich das Niveau der Kommunikation auf einem hohen Level zu führen. Zitiere Rilke, ich verhaspele mich, sie verbessert mich.

Ein Waterloo zeichnet sich ab. Wir schmieden ein Komplott für eine Nachrichtensperre in der Firma und wollen uns so bald wie möglich wieder treffen. Das Betriebsklima gerät in die Schieflage. Die Firmenleitung bemängelt die kollektive Unproduktivität in allen Abteilungen.

Lena zeigt mir die kalte Schulter und reagiert nicht auf meine diskreten Signale. Ich ertappe mich wie ich zum ‚Stalker' mutiere. Bald kenne ich die Laufwege von Lena in ihrer Freizeit. An einem Freitagabend will ich sie zur Rede stellen und folge ihr bis zur Haustür. Gerade als ich sie ansprechen will, kommt Louisa um die Ecke. Im letzten Augenblick kann ich mich unsichtbar machen. Dann bricht eine Welt zusammen, erschüttert werde ich Zeuge wie beide Körper ineinander verschmelzen. Eindeutiger geht's nimmer. Warum vergeuden sich diese engelsgleichen Geschöpfe aneinander

## Besinn dich deiner Stärken

So lautet das erste Gebot im Coaching für Überlebensstrategien, im normalen Wahnsinnsalltag.

Auf dem Stunden-plan, Motivationstraining, Teamwork und Konflikt- Deeskalationsstrategien für den Alltag. Mit 47 Lebensjahren nun Inventur seiner inneren Vermögenswerte, magere Ausbeute im Vergleich mit seinen Seminarkollegen. Zielorientierte gemeinsame Auswertung der Inventurliste. Fazit: Als Propagandist für Wochenmarktprodukte, im Show- Gewerbe und für Rummelplatzattraktionen gut geeignet. Er bekam praxisnahe Livebesuche, für Wochenmärkte und Rummelplätze gesponsert, als Anschauungsunterricht. Auswertung und Animationsprobe, vor versammelter Mannschaft, mit Video-aufzeichnung im Coaching-Center.

Er durfte als Gastpraktikant auf einem Wochenmarkt, Hauslatschen, Strümpfe und Unterbekleidung verhökern. Das High- light, eine Sonderverkaufsshow im betreuten Wohnen und Altenpflegeheim „Haus Abendstern", erzeugte bei ihm Ganzkörperausschlag.

Die Sortimentserweiterung, auf inkontinenzspezifische Bedürfnisse war der Renner. Der impertinente, hauseigene Urinduft, schwängerte derart intensiv seine Geruchsnerven, dass er noch drei Tagen davon zehrte.

Nach drei Wochen erhielt er das Teilnahme-Zertifikat, im Gepäck das positive Denken. Ergo, ein Empfehlungsschreiben für die Bewerbung als Ich-AG-Propagandist, für Korkenzieher und Kurzzeitflaschenverschlüsse. Einzeln und als Geschenke-Set im Schmuckkarton, dazu 200 Feuerzeuge im neuesten Designer-look. Alle erforderlichen Genehmigungen, mit Gebühren-Marken und Lichtbild. Endabrechnung nach einem Straßen-Weinfest-Wochenende:

Umsatz zwanzig Euro und zehn gestohlene Feuerzeuge, abzüglich der Unkosten ein Minus von 160 €.

Das positive Denken war in den Keller gerutscht. Sinnsuche mit Glühwein und Kerzenschein bei der

Nachbarin, der Gemeindeschwester Alvine. Mit 72 Jahren noch ehren-amtliche Smart- Fahrerin für Hausbesuche der besonderen Art. Im Afrikanischen Viertel im Bezirk Wedding war Alvine die Mutter Theresa für die Straßenkinder. Am Montag nun eine Fahrgemeinschaft mit Jürgen dem zertifizierter Propagandisten an der Seite von Schwester Alvine. Im knallroten Smart ging es auf die Betreuungsfahrt in die Kameruner Straße.

Hier wohnt Herrmann, seit seiner Geburt, vor 74 Jahren Seinen Schäferhund ruft er Adolf. Seine Mitbewohner leiden unter seinem Beschallungswahn von Schallplatten, die grenzwertig sind. Er hat nicht mehr alle beisammen, Folgeschäden aus einer Bombennacht 1944, das hat er schriftlich.

Eines Tages sollte der Hund Alvine beißen, nur so zum Spaß, deshalb ist es gut, dass heute Jürgen dabei ist denkt Alvine. Alvine organisiert den Wäschetausch, füttert die Waschmaschine, liest aus der Bibel Luk.15, Vers. 12, vom verlorenen Schaf. Herrmann schreit Mumpitz, der Hund in Lauerstellung. Jürgen als zertifizierter Sprücheklopfer, attackiert verbal und erfolgreich. Krisen-management, Alvine und Jürgen machen Kaffeepause im Stehcafe'.

Gerangel in der Brötchenkäuferschlange, Drängler gegen Vordrängler im Clinch.

Jürgen schießt Deeskalationsworthülsen in das Gemenge. Das Ergebnis, eine spontane Solidargemeinschaft hackt nun auf Jürgen herum. Was er sich einbildet, dieser Schnösel. Jürgen spürt Defizite in seiner Konfliktbewältigung, denkt an Nachschulung. Zwei Besuche stehen noch an, Alvine drängte zum Aufbruch. Jürgen im Zwiespalt seiner Gefühle, will etwas Eigenes.

Drei Tage später, Vorstellungsgespräch bei einem Event-Manager. Super Angebot, zurück zu den Wurzeln. Schnupperkurs auf einer Kaffeefahrt, als die rechte Hand des Chefpropagandisten. Päckchenpacker für übertölpelte Senioren im Kaufrausch. Plötzlich macht es klick, sein gesunder Menschenverstand schickt eine Botschaft.

Er will nicht weiter Handlanger abstruser Machenschaften und windiger Propagandisten sein. Fristlose Kündigung mit sofortigem Saalverweis. Rolf steht im Lande Irgendwo, am Waldgasthaus „Zum schwarzen Peter". Die blaue Stunde bringt einen knall-roten Smart, Alvine kennt den Ort und das Dilemma. Rolf nimmt eine Auszeit, Nachdenkzeit für neue Überlebens-strategien.

## Hermans Ende

Mit stetig wachsender Energie, tauchen die Sonnenstrahlen hinab in den Dunstschleier, zwischen die Häuserschluchten der Großstadt. Dort wo die Frühlingssonne noch nicht ihre wärmenden Strahlen verstreut hat, hält sich der muffige Dunst der Nacht.

Das muntere Schilpen der Vogelwelt aus den Baumkronen und von den Dächern eröffnet den Reigen des neuen Tages. Mitten in diese Szenarium das Anschlagen und Arretieren der geöffneten Fensterflügel hoch oben aus der Mansardenwohnung.

Sekunden später schaut eine alte Frau aus dem geöffneten Fenster, bugsiert pedantisch ein Kissen auf das Fensterbrett. Außer an Regentagen, gehört diese Ritual zum Tagesablauf in dieser Straße. Für die Bewohner in den umliegenden Häusern ein gewohnter Anblick. Stundenlang beobachtet die alte Dame nun das Treiben in der Straße. Selten ein Winken, ein Gruß nach oben an das Fenster. Sie kennt sie alle da unten, die in alle Richtungen enteilen.

Wer ahnt schon wie einsam sie ist. Jeder ist mit sich selbst viel zu beschäftigt. Es ist sehr still geworden, seit ihr

Hermann vor Jahren plötzlich gestorben ist. Kurz nach dem sie das Fenster geöffnet hat, beginnt das sich täglich wiederholende Ritual.

Von allen Seiten fliegen sie heran, schilpen, toben über die Dachschräge. Ohne Scheu stürzt sich die Spatzenschar auf das Futter in der Dachrinne.

Nun streckt die alte Dame ihre Hand aus dem Fenster nach draußen. Es dauert nicht lange, da nimmt sich ein Spatz die Leckerbissen ohne Scheu von der Hand. Sie spricht mit dem kleinen Vogel wie mit einem Menschen. Sie nennt ihn „mein kleiner Hermann „Hat er alles verputzt, ein frecher Blick, dann fliegt er laut schilpend davon. Nach zehn Minuten ist der ganze Spuk vorüber.

Nun beginnt der gemächliche Teil, die Arme tief in das Pluderkissen gedrückt, beginnt der Rundblick. Das ist ihr Leben, sie weiß wer wo hingehört, wann einer aus dem Haus geht und wann er gewöhnlich zurückkommt. Sie ist nicht verbittert, obwohl sie sich mehr vom Leben erhofft hat.

Wenn doch jemand zum Reden da wäre. Deshalb wird sie auch manchmal sehr traurig, dann nimmt sie das Bild von ihrem Herman von der Kommode und spricht mit ihm.

Doch eines Morgens, sie hat die Fenster geöffnet und das Kissen auf die Fensterbank gelegt, erstarrt sie. In der Dachrinne sitzt ihr kleiner Freund, der Spatz. Den Kopf leicht schräg in das aufgeplusterte Gefieder gesteckt. Scheinbar krank, geht es ihr durch den Kopf. Vor einem Jahr hat sie ihn, so wie heute, hier in der Dachrinne entdeckt.

Sie konnte ihm helfen und seit dem kommt er jeden Tag und fliegt ihr auf die Hand und erzählt ihr was. Sie kann ihn nicht greifen, er ist zu weit weg. Er reagiert nicht auf ihr zureden und bleibt auf seiner Stelle.

Den ganzen Tag sitzt der kleine Spatz an diesem Ort. Um ihn vor der Kühle der Nacht zu schützen, schiebt sie mit einem Stock, ein weiches Tuch zu ihrem kleinen Freund. Lange bleibt sie noch am Fenster, hält Wache bis spät in die Nacht.

Früher als üblich, öffnet sie am Morgen vorsichtig das Fenster und hält Ausschau nach dem kleinen Spatz. Sie hat Mühe ihren Hermann unter dem Tuch zu erkennen. Vorsichtig schiebt sie mit dem Stock das Tuch beiseite. Zwei kleine Spatzenbeine ragen in die Höhe, Hermann liegt bewegungslos auf dem Rücken.

Es bereitet ihr viel Mühe ihren Hermann aus der Dachrinne zu bergen. Sie legt ihn in einen ausgepolsterten Karton. Spät abends schleicht sie sich an den Mülltonnen vorbei, zu dem kleinen Rasenstück. Gräbt ein kleines Loch und Hermann hat seine Ruhestätte gefunden. Das ist sie ihrem kleinen Freund schuldig. Sie hofft, dass kein Bewohner im Haus sie dabei beobachtet hat. Wie sagen sie, alte Leute können manchmal ganz schön komisch sein.

## Eine Braut für Christian

Mein Team-Betreuer in der Firma heißt Christian. Ein smarter Single, 38 Jahre jung, mit Wikingerblut unter weißer Pickelhaut. Wer zu spät kommt, den bestraft das Leben. Christian führt und lehrt als Schlaumeier. Wir fangen an zu menscheln und schließen eine Zweckallianz. Seine Montagsdepressionen werden analytisch zerlegt, ein Weib als Antidepressivum muss her. Reziprokes Rollenspiel, sein Outfit wird mein Programm.

Meine häusliche Heimleiterin ist mit im Team. Ihre Fachkompetenz, speziell für ‚Ent-Faltung' und Face-Renaturierung, soll zum Garant für ‚Adonis-Geburten' werden. Christian ist ein platonischer Frauen-Versteher. Er hat eine Nachbarschaftsoption. Tür an Tür mit Alice aus dem Wunder-land. Er, mit dem Charme einer Karotte, bleibt Wandlauscher und nächtlicher Ipsismuspraktikant. Samstagnachmittag, Christian ist in der Maske.

Um 22 Uhr steht ein Paul Newmann-Verschnitt im Türrahmen. Digitalfotos für die Ablage. Nonverbale Kommunikation, Sprachübungen und lächeln fordern den logopädischen Experten. Christians Beiß und Kauwerkzeug ist hochgradig marode.

Lächeln nur mit ‚hihihi', niemals ‚haha'. Mit ‚hihihi', Teilansicht nur des oberen teilsanierten Komplexes, optische Schadensbegrenzung. 23,30 Uhr geht es auf dem Kriegspfad. Der Türsteher vom Club 24 ist die erste Bewährungsprobe.

Bei Christian würde er noch ein Auge zu drücken, mich schickt er zurück zu Mutti. Ich sollte mir das da drinnen nicht antun. Christian mault, ich zerre sein indigofarbenes Hemd zurecht und schiebe in hinein.

Am Sonntag telefonischer Rapport, kein hihihi, kein One-night-stand im Treppenhaus. Eine Null-nummer das ganze Spektakel. Dafür ein leichter Hörschaden und Augenflimmern als Mitbringsel in den Tag. Artgerechtes Amüsement ist gefordert. Das Internet weiß Rat und nennt das passende Etablissement. Frisch onduliert, getüncht mit dem 70 € teuren Obsession Duft-Vergewaltiger der jede Frau in den Wahnsinn treibt, ziehen wir Christian in die Katakomben des Lusttempels. Wabernde Live Musik, Klammertango, Herren-gedeck und Tischtelefon.

Die unheimliche Dunkelheit, entpuppt sich als Gnade, gegen optische Entfaltung. Meine Heimleiterin, mein Bodyguard, führt mich an kurzer Leine. Damit ich nicht in gefährliches Fahrwasser komme. Christian hört eine Zauberstimme im Tisch-Telefon, Blickkontakt zur Tischnummer. Seine Traumfrau schießt Pfeile.

Die Rentnerliveband greift zum Schrammelwerkzeug, der Countdown zur nächsten Runde beginnt. Christian checkt euphorisch die Laufwege, spurtet zum Tisch 23, unsere Gafferblicke im Gepäck. Schock im Doppel

pack, Damenwahl, flötet der Stehgeiger vom Podium. Christian verfällt in die Hamsterstarre, ist absolut wehrlos. Schamlos nutzt die Frauencrews von Tisch 23 die Situation. Eine füllige rothaarige Seniorenmutti nutzt den Moment Die Haare, Kleid und Schuhe alles knallrot, springt auf Christian zu. Die junge Callcenter-Lady als Lockvogel zuckt lächelnd mit den Schultern. Ein Trostbonbon, er darf noch kurz in ihr tiefes Dekoltee blicken. Üblich sind drei Tanznummern, September Love als Zugabe, empfindet Christian als ausgeklügelte Foltermethode. Er überlebt es körperlich unversehrt, nur seine Seele hat Schaden genommen.

Er will hier schnell weg, erfolgreiche Gehirnwäsche schafft Zeit und Luft. Tisch 23 bleibt im sechs Augen-Fokus. Meine Madame geht zum Nachpudern auf das

Örtchen, Christian drückt die Blase. Ich bin nun allein am Set, wieder Damenwahl. Wieder September Love, jetzt für mich, ich kann nicht nein sagen. Eine vollschlanke rothaarige Tanzmaus hat mich im Fokus und fest im Griff. Das Herrengedeck zeigt Wirkung und ich was von meiner Tanzstunde vor vierzig Jahren übrig geblieben ist.

Nur kurz dieser Exkurs. Frisch gepudert mit grimmigem Blick, meine Ehehälfte zeigt mir die rote Karte. Null Punkte auf der Wohlfühlskala. Schweigend und geschlossen leiten wir den Rückzug ein. Ich bin der falsche Proband. Zuhause mentale Aufarbeitung. Weitere kreative Ideen stehen ganz oben auf dem Merkzettel. Ehe wir zum Einsatz kommen zelebriert das profane Alltagsgeschehen neue Herausforderungen. Christian erbt eine alte Mühle in Schleswig Holstein und findet seine große Liebe. Aber das ist eine andere Geschichte.

## Tante Merlit

Vor einer Woche kam ein Brief, Tante Merlit ist gestorben. Nun befand sich Marc mit all den wichtigen und unwichtigen Erbnehmern in der Wohnung von Tante Merlit.

Aus dem Wohnzimmer drang Fautes feilschen, jeder meldete seine Ansprüche an. Einen kurzen Augenblick blieb Marc andächtig im Türrahmen zur Bibliothek stehen. Wie viele Jahre mag es her sein das er zum letzten Mal diesen Raum betreten hatte Dieses Ritual, wenn er von Tante Merlit in dieses Zimmer geführt wurde, erschien ihm in diesem Augenblick als Sakrileg. Drei oder viermal im Jahr, zu den Besuchen bei Tante Merlit, wiederholte sich dieses Erlebnis.

Die Erinnerungen spiegelten sich, schon beim Kaffee trinken quengelte Marc, bis Tante Merlit mit ihm in dieses Zimmer ging. Marc setzte sich dann an den runden Tisch, dicht am Fenster. Er konnte kaum über die Tischkante schauen.

Tante Merlit ging zu dem riesigen Bücherregal, entnahm ein dick eingebundenen grünes Buch und las daraus vor. Marc hatte eine Lieblingsgeschichte, die von den „Drei klein-wüchsigen Orgelspielern". Immer wieder las Tante Merlit neue, aufregende Abenteuer von den ‚drei kleinwüchsigen Orgelspielern' vor.

Marc suchte lange die Reihen der aufwendig eingebundenen Bücher ab. Dann war er sicher das dicke grüne Buch gefunden zu haben. Er schlug es auf und war doch sehr erstaunt. Es war ein Kochbuch. Noch einmal überprüfte er den Bestand, blieb aber dabei das richtige Buch gefunden zu haben. Marc musste lächeln, Tante Merlit hatte sich die Geschichten immer wieder neu ausgedacht. Marc ließ den Tag zu Hause mit einem wohltemperieren Wein ausklingen und ging auf Gedanken-reise.

Tante Merlit hatte viele Geschichten von diesen drei kleinwüchsigen Orgelspielern so interessant erzählt, dass er sie alle glaubte. Es hatte später in seinem Leben oft Situationen gegeben wo er sich die ‚drei kleinwüchsigen Orgelspieler' gern herbei gewünscht hätte.

Einmal hatte die Tante erzählt, seien die ‚drei kleinwüchsigen Orgelspieler' auf einer Beerdigung aufgetaucht. Die Trauer-gäste ließen sie gewähren, keiner wusste wer sie bestellt hatte. Sie spielten ganz schaurige Lieder, dann spielten sie obszöne Sachen. Der Verstorbene war ein bekannter Beamter aus der Stadtverwaltung und in dunkle Machenschaften verstrickt, die ihm aber nicht direkt nachgewiesen werden konnten. Es kam

bei der Beerdigung zum Eklat, die ‚drei kleinwüchsigen Orgel-spieler' verschwanden blitzschnell. Keiner wusste woher sie kamen und wer sie waren.

Immer häufiger tauchten nun die ‚drei kleinwüchsigen Orgelspieler' an den unmöglichsten Orten und zu den unterschiedlichsten Anlässen auf. Sie machten ihre Späße und verschwanden so unauffällig wie sie gekommen waren. Das alles stand in diesem dicken grünen Buch aus dem Tante Merlit vorlas. Das glaubte Marc damals.

Auf der Beerdigung von Tante Merlit stand Marc in der dritten Reihe. Es regnete in Strömen. Von den Regenschirmen perlten dicke Regentropfen-Tränen und liefen in kleinen Rinnsalen an schwarzen Jacken und

Mänteln herab, um sich am Boden zu einem großflächigen feuchten Teppich zu vereinen.

Marc ging auf Zeitreise und erinnerte sich an eine Geschichte von den ‚drei kleinwüchsigen Orgelspieler'. Plötzlich hörte er ein Geräusch links hinter den Büschen. Seine Phantasie zauberte ihm die ‚drei kleinwüchsigen Orgelspieler' herbei. Marc liefen Tränen über das Gesicht. Dann musste er lächeln, „wie machst du das bloß, Tante Merlit".

In die Trauergemeinde kam Bewegung. Schirme wackelten hin und her. Im Gänsemarsch gingen die Schirm-Menschen an das ausgehobene Grab und warfen nassen, klebrigen Sand auf den Sarg. Sie hatten es plötzlich alle sehr eilig.

Marc stand nun allein vor der Grabstelle, blickte hinab auf den Sarg. Er schloss die Augen und wünschte sich die ‚drei klein-.wüchsigen Orgelspieler' hierher. Sie kamen, standen neben ihm und spielten erst traurige Lieder, dann lustige, frivole, so wie es die Tante liebte. Dann verstummten sie und Marc öffnete die Augen. Der Pfarrer stand wortlos neben Marc, schaute ihm in die Augen und lächelte.

Marc musste an seine Tante denken. Sie hatte oft gesagt, schau zuerst in die Augen der Menschen. In den Augen kannst du lesen, ob sie lügen, es ehrlich meinen, traurig oder glücklich sind.

Der Blick eines Menschen verrät dir alles. Es gibt Menschen die können dir nicht in die Augen sehen, weichen deinem Blick. Diese Menschen haben große Probleme, das musst du wissen, wenn du dich mit ihnen einlässt. Marc schaute den Pfarrer lange an und fragte ob er auch eben diese Lieder gehört hätte.

Der Pfarrer lächelte weise und nickte.


# Benno

Das ist die wahre Geschichte von Benno.

Benno hat seinen Erzeuger nie zu Gesicht bekommen, das ist auch gut so. Sein Vater wurde nur 34 Jahre alt. Ein WG-Kumpan, sein Stiefbruder, erschlug ihn im Vollrausch, mitten bei „Wetten das" auf der vollgesifften Gemeinschafts-Couch. Dieser Befreiungsschlag war ein Sakrileg der perfidesten Art. Der Pflichtverteidiger zitierte die Bibel, den Brudermord von Kain und Abel. Der

Rechtsbeistand bekam dafür einen satten Tadel, sein Klient zog nach der Urteilsverkündung in eine WG der JVA nach Tegel.

Da war Sohn Benno schon acht Jahre alt. Er galt aus Ausgeburt des Teufels und wohnte bei Pflegeeltern in einer Hochhaussiedlung am Stadtrand. Ein Anarchist, Rebell, Verweigerer und frühreifer Tagedieb. Er war das Produkt einer körperlichen Begegnung zweier Kometen, die sich auf ihrer Milliarden-Jahre Reise, einem Wimpernschlag gleich, begegneten. Das war an dem Geburtstag seiner 15-jährigen Mutter. In dunkler Nacht wurde sie geschwängert, keiner hat es gesehen.

In einer kalten Novembernacht rutschte Benno in einer Kaufhaustoilette als Sturzgeburt ins Leben. Die junge Mutter schrie: „Weg mit dieser Teufelsbrut, weg, weg, weg, drei Mal mit dem Teufelsgruß!" Das hat geholfen, sie gab Benno eine Chance und ihn zur Adoption frei. Die Pflegemutter kam bald in die Psychiatrie. Da war Benny bereits 12 Jahre alt. Er galt als nicht erziehbar. „Der Teufel muss ihn geschickt haben", flüsterten betagte Hausgenossen. Benno lungerte herum oder fummelte an kleinen Mädchen.

Eines Tages lernte er „Schumi" kennen. Das ist ein beinloser Rollstuhlfahrer. Das Nikotin hatte „Schumi" erst die Lunge geschwärzt, dann ein Bein. „Schumi" wollte nicht verzichten, das Nikotin holte sich Bein Nr.2 „Schumi" bewarb sich als Testfahrer für elektrische Rollstühle, mit Erfolg. Legte etwas Kohle drauf und hatte den schnellsten Renner im Revier.

Er ist kein gewöhnlicher Rollstuhl-Driver, er fährt einen HER-D-33. Dieses Gerät ist ein Luxusliner, der bis zu 25 km/h fährt und einen großen Aktionsradius hat. Das Gerät hat sogar den Elchtest bestanden, hat Scheibenbremsen und Servolenkung, und ist kinderleicht zu navigieren. Es hat den Crash-Test auf gezogenem Schlitten mit 10 G bestanden und hat Sonderkopfstützen.

Benno fummelt nicht nur an Mädchen, er tunte das Gerät auf max. 40 km/h hoch. Das schreit regelrecht nach ‚Aktionen' der besonderen Art. „Schumi" ist offen für alles was high macht. Ohne Moos und Beine nicht viel los. Sex and Drugs im Underground kostet viel Knete. Die uniformierten Gesetzes-hüter schreiben sich die Anzeigenfinger wund. Ein Rollstuhlfahrer soll auf Beutezug sein. Ein Störtebecker fischt die Bürgersteige leer. Der Kick, der Thrill, ist Adrenalin pur für das ungleiche Team.

Der Erfolg hat den Leichtsinn im Gepäck. Benno als wendiger Hirtenhund übertreibt sein Zutreiben. Eine rüstige dralle Braut schlägt zurück, Benno knallt auf das nackte Pflaster und sieht die Leoniden fliegen, dann wird es dunkle Nacht. „Schumi" in der Pole-Position, hat Gas gegeben und ward nicht mehr gesehen. Die Dunkelheit ist bei Benno geblieben, die Beine sind im Dauerstreik, die Medizinmänner sind ratlos. Die vier Jahreszeiten haben ihr Programm abgeliefert.

Es ist ein herrlicher Frühlingstag. Der Himmel versöhnt die Menschen nach einem kurzen heftigen Gewitter mit einem herrlichen Regenbogen. Bennos Welt bleibt dunkel, kennt keine Farben mehr. Die Ein- Euro-Zeitarbeitskraft schiebt den Rollstuhl mit Benno zur Bank an den kleinen Brunnen im Park. „Hy Benno", tönt der „Schumi", „wann kriegst du endlich einen neuen Schlitten? Immer noch mit Handbetrieb von Mutti, das ist doch völlig out."

Zehn Mondwechsel zogen ins Land, Bennos Ein-Euro-Schiebemutti verhaspelt sich mit den Rollstuhlrädern. Der Benno kippt kopp-heister in den Straßenkleister. Der

Schock sitzt tief in den Knochen, da schreit der Benno wie verrückt: „Ich kann wieder sehen, ein Wunder, ein Wunder!" Nun rollt der Benno mit eigener Muskelkraft durch das Gelände. Probt Koppheister- Stürze am laufenden Band für ein zweites Wunder, für seine Beine. Er beult sich blutig, bricht sich einen Arm. Das Wunder spielt Lotto, lässt sich nicht zwingen. „Schumi" plündert seine Reserven, kauft Benno einen Flitzer aus zweiter Hand. Morgen, pünktlich um acht, im Park zum Rendezvous, wer ist der schnellste auf der Piste. Benno führt bis in die erste Kurve am Brunnen. Er fliegt aus der Piste, Donnerwetter. Schlägt Salto wie ein Zirkusclown. Landet punktgenau auf dem Gedenksteins- Sockel. Dort steht in goldenen Lettern: „Zum Gedenken an alle tapferen Helden für das Vaterland". Aus die Maus, der Benno schwebt mit Engelsflügeln oder Pferdefuß wo alle Seelen übernachten.

## Die Kräuterfee von der Hasenheide

Die Erzeugercrew von Jenny malocht im Leistungsdoppelpack. Überraschender, zeitgleicher Wechsel in den Hartz IV-Kundenstamm. Jennys pubertärer Hormonspiegel spielt Jo-Jo. Kollateralschaden mit Ansage. Crash, der schwarze Freitag, sie hat es schwarz auf weiß, zwei Punkte fehlen auf dem Bewerbungs-Medaillenspiegel. Kein ‚Casting' für die Oberliga, was nun?

Sie fällt ins Koma der Lethargie, zwei Jahre lang. Zwei Jahre Sinnfindung ohne Sinn, in familiärer Hausbetreuung, von der frustrierten Hartz-IV-Kundenstamm ‚Crew'. Jennys Intimfreundin Alice klugscheißert Strategien.

Aufbruchstimmung, Neubeginn der Horizonterweiterung, als ‚Bestückerin' und ‚Löterin' im Fabrikakkord. Fingernägel brechen ab, Zugluft drückt auf die Blase. Lärm und Kolleginnenmobbing erinnern an die Sklavenzeit.

Die Wohlfühlskala saust in den Keller. Die Weltpolitik schafft neue Fakten, Akkordbestückung jetzt von fernöstlichen Schwestern. Jenny hat wieder viel Zeit.

Die Wut des Ausgegrenzt sein gebiert abstruse Ideen. Probezeit als nachtaktive Clubmaus beim funkigem Pop und fetzigem Rap. Aus Jenny wird Lulu und ein Fixstern im Pop-Business Fokus. Ein Latin-Lover-Verschnitt, Profi nicht nur fürs Hemden bügeln, zeigt ihr das wahre Leben. Gegeelter Drugpusher, Ferrarifahrer, außerhäusig nie ohne schusssichere Weste.

Lulu trägt Prada, drunter und drüber, das volle Programm. Ihr Navi, die weiße ‚Spiegelstraße', meldet plötzlich Stau. Ihr Stoffmäzen schlief ohne sie und ohne Schutzweste, sein Fehler. Farrarirot nun Bettzeug und Latin- Lovers gebräunte Haut. Aus Lulu wird wieder Jenny. Jenny findet Asyl bei Alice, die einen Tom beherbergt. Tom eine Strapse tragende ‚Hupfdohle' serviert im Etablissement von ‚Straps Harry' in der Bundesallee.

Alice hat eine Kondom Allergie, seit der Einrichter vom Bestück Band, ihr das Punktlöten beibrachte.

Der Tom darf aber Hand anlegen, Rücken Kraulen und Füße massieren. Keine Frau kann so zärtlich sein wie er, seufzt Alice. Tom macht Überstunden im kraulen und Füße massieren. ‚Spice', ein Rauschmittel in der Grauzone, macht müde und sorglos. Die Substanz umnebelt die Sinne. Besteht aus einer Kräutermischung. Nach der Definition des Betäubungsmittelgesetzes noch keine Droge.

Jenny kennt das Netzwerk und bleibt unter dem Preis der Headshops. Hasenheide und U-Bahnhof Südstern ihr Revier und Gold-grube. Auf der Wohlfühlskala ganz oben angekommen, Alice aus dem Wunderland. Und Jenny trägt wieder Prada, unter dem Parka.

## Clemens der Wackere

Wie mit einem Lineal gezogen zieht sich schnurgerade eine Straße durch die ausgedünnte Siedlung weit ab von der Großstadt. Die alten Alleebäume stehen hier geordnet Spalier. Zu beiden Seiten der Straße saftige Wiesen und halbwegs bestellte Felder. Eine Baumgruppe vereint mit einem dichten Kranz dicker Hecken und Büsche, schützt die niedrigen Bauerhäuser eines kleinen Dorfes vor neugierigen Blicken. Es ist als wäre hier die Zeit stehen geblieben, sie haben den Anschluss verpasst an die eilende Zukunft.

In diesem Dorf, am Ortsausgang Richtung Süden wohnt Clemens der Wackere. Allein mit seinem halbblinden zugelaufenen Hund von unbekannter Rasse. Clemens ist in einem Alter jenseits von Gut und Böse.

Sein Äußeres erinnert an die Auferstehung von ‚Don Quichote' vor 400 Jahren. Als Clemens vier Jahre alt war bekam er einen heftigen Tritt von einem Pferd. Der Vater ertrank im übermäßigen Alkohol und die minderjährige Mutter von Clemens ging, als sie 19 Jahre alt war zum Bahnhof. Seit dem hat sie kein Mensch mehr gesehen.

Der Dorfpfarrer kümmerte sich sehr um das leibliche aber weniger um das geistige Wohl des kleinen Clemens. Als Clemens 12 Jahre alt war machte sich der Pfarrer auf den Weg zu seinem Herrn und Clemens war auf sich allein gestellt. Das Dorf hatte seinen Trottel und viel Spaß mit ihm.

Clemens abonnierte eines Tages eine anspruchsvolle Zeitung und entlieh sich Bücher aus dem Mittwoch Bücherbus vor der Dorfschule. Ein Jahr später kam der Tag, der in die Geschichte der Dorf Chronik Einlass fand.

‚Clemens' handgemalte Plakate

riefen zu einer Veranstaltung auf. Im Biergarten der Dorfkneipe „Zur alten Linde" fanden sich fast alle Dorfbewohner ein. Clemens stieg auf einen Stuhl schwang drohend ein Bündel Papier in der Hand und rief mit krächzender aufgeregter Stimme: „Wahrlich ich sage euch die Zeit ist gekommen, sie ist reif für die gnadenlose Wahrheit"

„Wenn schon, dann zwischen den Zeilen lesen. Offenkundiger ist das genaue hinhören. Mal ehrlich, wer macht das, wer kann das noch"?

„Ich, Clemen der Wackere habe es erkannt und durchschaut.

Was ist wahr und was wird erfunden und als Wahrheit in die Welt gesetzt". Clemens schleuderte seine Worttiraden wie Pfeile in die andächtig lauschende Menge. Er japste nach Luft und stieg nach einer halben Stunde sichtlich erschöpft von dem Gartenstuhl.

Stille, nicht ein unruhiger Stiefel schurrte im Kieselsteinboden unter den Tischen. Kinnladen klappten wieder in Ruhestellung zurück. Kopftuchbetagte Muttchen flüsterten, „Der Teufel ist ihn gefahren!" Clemens ahnte dass ihn keiner verstanden hatte „Ich werde nach Berlin gehen", rief er in die Runde und trabte nach Hause.

Sie haben vor vielen Jahren eine Umgehungsstraße um das Dorf gebaut. Clemens geht die Autofreie alte alleebaumbestückte Straße entlang. Das Dorf liegt zehn Fuß-Minuten hinter ihm. Keiner hat ihm nachgewunken oder viel Glück gewünscht. Hinter den Gardinen haben diese Feiglinge ihm nachgegafft, dem Dorftrottel Clemens, der seinen Hund vor den kleinen Handwagen gespannt hat. Am Mittag erreicht das Gespann ein Dorf, Zeit für ein Picknick auf einer Bank am Dorfteich vor der Kirche. Die

Buschtrommel hat es bis hier her geschafft. Keine Menschenseele ist in der freien Natur zu sehen.

So als hätte er die Pest im Gepäck, dieser ‚Don Quichote' der seinen Hund ‚Pancha' nennt. Hinter Gardinen gaffen sie, durch Astlöcher peilen sie versteckt. Nach drei Tagen erreicht Clemens die Mitte der Stadt. Am Alex, da wo die Zeit nicht stehen bleibt und gezeigt wird. Er ruft in die Menge, was er zu sagen hat. Nicht alles wird er los, sie greifen ihn, zerren ihn weg. Die Häscher sind flink und geübt. Kontrolle der politischen Korrektheit, sie wollen ihn wegsperren.

Doch am Abend ist er wieder zurück, mit seinem karrenziehenden Hund Pancha. Nur schlafen darf er nicht hier in der Nacht, an diesem Ort. Er bleibt wach bis zum Morgen. Das spricht sich herum und sie hören ihm zu. Auch die, die er eigentlich meint und hofft es wird sich was ändern.

Ach Clemens, du Träumer! Das wahre Leben bestimmen immer die Anderen.

## Die Taube

Ein schöner Spätherbsttag neigt sich dem Ende zu. Die Sonne ist längst hinter den Häuserdächern abgetaucht. Die Hauswände geben die vom Tag aufgesogene Wärme der reichlichen Sonnenbestrahlung freigiebig zurück.

Die Hektik des Tages versandet in einer geruhsamen Abendstimmung. Die wenigen Autos ziehen schnurrend und langsam ihre Bahn durch die Straßen auf der Suche nach einem Parkplatz. Zwei Radfahrer fahren ungeniert nebeneinander auf dem Bürgersteig auf eine Seniorengruppe zu. Frech klingeln sie, die Rentner springen brav beiseite. Ein knallrotes Auto biegt um die Ecke, der junge südländische Cabrio-Fahrer steuert sein aufgemotztes Gefährt zum Showdown im Schritttempo über die Piste. Das Ganze wird aus seinen Autolautsprechern von einer lautstarken anatolischen Folkloreband begleitet. Alltag in einer kleinen Seitenstraße im Kiez der großen Stadt. Vor den Kneipen, Restaurants, Bistros sitzt an rustikalen Sitzgruppen und aufgepeppten Tischen ein buntes Volk und relaxt. Kinder balgen sich und streiten, spielen Fußball mit einer leeren PET-Flasche.

Ein Hund mit einem roten ausgefransten Halstuch pinkelt an den dicken, arg ramponierten Baumstamm einer Platane dicht an der Borsteinkante. Daneben liegt verstreut der Müll, der kein Zuhause im orangenfarbenen übervollen Abfallbehälter gefunden hat.

All das bietet sich meinen entspannten Blicken aus der vordersten Reihe eines kleinen Cafés gegenüber dieser Szenerie. In dieses beschauliche, fast poetische überschaubare Ambiente fährt brutal ein Blitzschlag. Der Beginn einer kleinen Tragödie. Ein fußballgroßes flatterndes Bündel wird brutal von der Dach-Reling eines Kleinlasters durch die Luft gewirbelt. Das Fahrzeug entschwindet den Blicken, das ‚Etwas' schlägt wie ein Stein auf die Fahrbahn und wird Sekundenbruchteile später von dem roten Cabrio, das zum x-ten Mal seine Runden dreht überrollt.

Auf der gegenüberliegenden Straßenseite erhebt sich ein Mann in einer abgewetzten Blaumann-Montur. Dieser Mann geht auf die Straße, bückt sich zu dem überfahrenen Bündel und hebt es auf. Augenblicke später steht er vor mir, unsere Blicke treffen sich. Wortlos dreht er sich zur Seite und legt das Bündel unter die Büsche in die nahe

Grünanlage. Er kommt zurück, wieder treffen sich unsere Blicke.

Er setzt sich neben mich. „Sie haben es auch gesehen? Scheinbar sind wir aber die Einzigen." Ich schaue ihn fragend an. Es war ja nur eine Taube". „Ich weiß", sagt er weiter, „wenn man sieht, was gerade um uns herum alles passiert, ist das Überfahren einer verletzten Taube nicht der Rede wert". Wir schweigen, dann reden wir, trinken einen Kaffee zusammen. Wir reden über Gott und die Welt. Mitten aus dieser symbiotischen Nähe, nun seine Offenbarung. Er spricht ohne mich anzusehen.

„Ich träume oft und heftig. In regelmäßigen Abständen martert mich ein Film, quält in lustvollen Sequenzen meine Seele. Das Drehbuch ist schon fest eingebrannt, immer das gleiche Finale. Ich war gerade fünf Jahre alt, da sah ich es zum ersten Mal. Meine Mutter hatte eine Gans zwischen ihre geöffneten Schenkel geklemmt.

Die Schürze legte sich wie eine Zwangsjacke um den weißen Gänseleib. Neugierig ging ich näher heran. Neben der Mutter stand eine Schüssel. Mit der einen Hand zog sie den langen, dünnen Gänsehals stramm nach oben. Mit der anderen Hand griff sie in die Schlüssel, entnahm eine fingerdicke Nudel aus dunklem Teig. Dann zerrte sie an dem Gänseschnabel, riss ihn weit auf und versuchte die dicke Teignudel darin zu versenken. Die Gans wehrte sich vergebens, irgendwann verschwand die Nudel im Gänseschnabel. Nun massierten die beiden Hände der Mutter den Hals der Gans solange bis die Nudel unten im Brustkorb ankam.

Der dünne Gänsehals wurde entsprechend der dicken Nudel geweitet. So konnte der genaue Wanderweg der Nudel bis zum Ziel beobachtet werden. Das muss sehr schmerzhaft für die Gans gewesen sein, ihre Augen quollen regelrecht hervor. Verzweifelt versuchte die Gans der Marter zu entkommen. Die Schürzenbedeckten Schenkel pressten unbarmherzig den Gänseleib zusammen. Ich wurde zum Handlanger, mit beiden kleinen Kinderhänden sollte ich den Hals der Gans nach oben ziehen. Derweil formten die Mutterhände den stopfgerechten Nachschub. Zu zweit malträtierten nun vier Hände den Gänse-körper, bis ich mich entsetzt lösen wollte.

Mein Aufbegehren wurde durch energische Anweisungen unterdrückt. Irgendwann war die Schüssel leer, der Spuk hatte ein Ende. Die Gans wurde wieder in die kleine Box mit dem Drahtgitter gesetzt. Ich saß wie versteinert vor der Gitterbox, Aug in Auge mit dem gemarterten Opfer. Ganz tief in meinem Inneren spürte ich diese ungeheure Verletzung, diese Ohnmacht und das Leiden des Tieres.

Meine Seele hatte Schaden genommen, das spürte ich. Das Ausmaß würde mein Leben bestimmen, noch ahnte ich nicht mit welchen Folgen. Die gemästete Gans wurde in der Weihnachtszeit geschlachtet. Ich weigerte mich vehement davon zu essen.

Die Zeit spülte mich in die Schule des Lebens. Kinderspaß mutierte rasant zu perversen Exzessen. Als die anderen Schüler bemerkten. meine Ekelschwelle entsprach nicht der üblichen Norm, ich war dünnhäutig im Ertragen. Kleingetier steckten sie lebend oder tot in meine Schultasche, oder in meine Manteltasche. Ein Spaß, ein Gaudi für die Pennäler. Meine Eltern schämten sich, straften mich mit Nichtachtung. Die einzige Gnade für mich bestand in den häufigen Umzügen. Kurze Phasen der Entspannung, dann begannen die abartigen Spiele in der Schule erneut. Es kam die Zeit der größten Misere, die Geburtsstunde meiner Phobie.

Mein Schattenbegleiter, mein Lebensgestalter, am Tag und in den Träumen. Dreiunddreißig Lebensjahre, ein Eremit im Großstadtdschungel. Vor einem Monat, als Tüten tragender Heimkehrer, zehn Meter vor dem Wohnhauseingang, stoppte ich meinen Gang. Direkt neben der Eingangstür, lag auf satten Rasengrün, wie auf einer großen Bühne, ein schwarzer großer Vogel, reglos. Fast reglos, Sporadisch zuckte sein Körper.
Das pure Entsetzen weckte dunkle Gefühle in mir. Unschlüssiges Verweilen, dann Kehrtwendung. Einmal um den Häuserblock, vorbei an den Müllcontainern, zum Kellereingang, hinauf in das Treppenhaus. In meiner Küche löste sich die Spannung. Zwei Tage lang ging mein Weg durch den Keller hinaus, dann wagte ich den Blick. Der Vogel war weg und ich fand meinen Frieden. Das Tageseinerlei fiel in den üblichen Rhythmus. Die Zeit im Fluss der Veränderung, es kam eine Nacht in der der Traum wieder ein Gesicht bekam.
Bunte Seifenblasen stiegen auf, zerplatzten in einem orgastischen Regenbogen, ich stand auf einer saftgrünen Wiese. Soweit meine Augen blickten, Gänse. Sie schnatterten, fraßen schnäbelten und ich stand mittendrin.

Ich hörte ein fröhliches Kinderlachen. Abrupt endete der Traum, befreit löste sich ein Lächeln von meinen Lippen, bevor ich wieder in den Schlaf fiel.

Seit diesem Traum änderte sich schlagartig mein Leben. Ich hatte Frieden geschlossen mit diesen unsäglichen Geschehnissen. Es war als fiele ein lästiger schwerer Mantel von meinen Schultern. Ich sah jetzt die Welt wie durch eine rosarote Brille. Die zentnerschwere Last, die ich all die Jahre buckelte, gab es nicht mehr. Erstaunte, erschrockene Blicke von all den Menschen die mich kannten und nicht wiedererkannten.

Die lockere Lustigkeit, meine Augen strahlten Fröhlichkeit sagten sie. Ein Mann in den besten Jahren, ein Single mit guten Manieren und regelmäßigen Einkommen. Mehr wussten meine Beobachter im Haus und auf der Arbeitsstelle nicht von mir. Ich war aber eine graue Maus, ich vermied den Körperkontakt zu Menschen beiderlei Geschlechts. Irgendwann haben sie es alle respektiert und mich in Ruhe gelassen. Nun dieser Wandel, ungläubiges Staunen, mit dem stimmt was nicht.

Am Kopierer in Firma neulich, drückte ich mich nicht wie immer, verschämt weg, wenn die brünette Elke mit dem imposanten Ausschnitt in der Bluse vorbei rauschte. Erschrocken, überrascht blieb die Elke stehen und lauschte verzückt meinen Komplimenten.

Wie ein Lauffeuer verbreitete sich dieser Wandel. Der hat im Lotto gewonnen, der hat endlich richtigen Sex.

Die Gerüchteküche brodelte. Zwei Tage Lebensfreude pur, auf der Sonnenseite des Lebens. Wie Ikarus gleich, bin ich so hoch geflogen, ich verstand die Welt nicht mehr. Bis das Grauen mich wieder einfing. Ich kniete in meiner Wohnung auf den kalten, harten Fliesen in der Küche. In ohnmächtiger Wut spüre ich die nackte Gewalt, die Wiederkehr meiner Phobie. Ich zwang mich mit tränengefüllten Augen zum standhaften Blick. Vergebens, ich schüttelte mich angeekelt. Ein halber Meter trennte mich vom dem obskuren Objekt. Eine Taube hatte sich beim Flug durch das geöffnete Küchenfenster verletzt und lag nun benommen auf dem Rücken unter dem Küchentisch.

Mit einem Flügel schlug die verletzte Taube um sich. Scheinbar flugunfähig dreht sie sich auf dem Boden im Kreis. Am Gefieder klebte etwas Blut. Nun wieder dieses Fegefeuer der Gefühle. Furcht ist auf etwas gerichtet,

Angst ist gegenstandslos. Meine Hände zitterten, im Kopf lief ein Parallel-Film ab mit tausenden Bildern. Ich gab der Angst Zeit, wurde ruhiger und ertrug den Blick. Ich akzeptierte die Angst. Als wäre es die natürlichste Sache der Welt und trug die Taube zum Fenster, setzte sie auf das breite Fensterbrett dann schloss ich das Fenster.
Am Küchentisch sitzend beobachtete ich die Taube. Die Dämmerung zog über die Dächer und nahm meine Taube mit. Ich hatte meine Phobie überwunden. Vielleicht ist die überfahrene Taube von vorhin die Taube die ich einst gerettet hatte. Es gibt Dinge zwischen Himmel und Erde die wir oft nicht verstehen. Er bezahlte seinen Kaffee, lächelte einen Gruß und ging zu der toten Taube in die Grünanlage.

## Traumfänger

Mischlicht, als Weichzeichner der fliehenden Konturen am Horizont, Sprachfetzen, tumbe Geräusche aus dem Füllhorn des Zuges dringen an mein Ohr und verblassen.
Sensorisches Timing, als Metronom die Geschwindigkeit, tanzende Lichtreflexe im Gegenlicht. Verspielte Linien, Umrisse verlieren sich im Schatten, in der Weite der

Landschaft. Weit draußen tunkt die Silhouette eines Trawlers in den glutroten Feuerball der untergehenden Sonne.

Fasziniert von der Magie, von Licht und Schatten, den weiträumigen Dimensionen, werden meine Augenlider schwer verringern kontinuierlich den visuellen Spielraum, für gedankliche Fantasien. Trunken von dieser ästhetischen Schönheit, über-schreiten die Gedanken die vibrierende Grenze zur Traumwelt; Zeitreise.

Virtuos die rhythmischen Schwingungen des Zuges auf den stählernen Laufschienen, sie werden eins mit den Schatten der beginnenden Nacht am unsichtbaren Horizont. Gedankenreise, in fiktive Dimensionen, fern jeder Logik, Raum für abstrakte Abenteuer. Ein sanfter Luftzug streichelt meine Hand. Einer Fata-Morgana gleich betritt eine Frau das Zug-abteil und nimmt mir gegenüber Platz. Gierig saugen die Rezeptoren ihr Fluidum. Hormonelle Geburt von Glücks-hormonen streicheln meine Sinne.

Der süße Duft ihres Parfüms, schwebt vereinnahmend, süchtig machend im Raum. Visuelle Kontaktaufnahme, ihr Mund geformt aus vollen roten Lippen, zaubert ein sinnliches Lächeln. Dunkle Augen blicken sanft und offen in mein Gesicht. Verwirrt von dieser immensen Erotik, wandert mein Blick irritiert zu Boden, verharrt dort im diffusen Licht. Als gäbe es einen Ablaufplan für das weitere Geschehen dieser magischen Momente. Ihre Beine hat sie übereinander-geschlagen. Ihr Wippen mit dem Fuß ein bewusstes Ritual, geboren aus weiblicher Intuition. Fasziniert, gefangen durch diese weibliche Verführung, starre ich gebannt auf ihre zierlichen Füße. Diese makellosen Füße um-schmeichelt ein Kunstwerk aus weichem, dunklem Leder. Die Ferse thront auf einem formvollendeten hohen Absatz. Ein Lederband schmiegt sich gefühlvoll um die schlanken Fesseln.

Ein Traum, wie geschaffen für den sinnlichen Amoklauf der Gefühle. Die bewusste Wahrnehmung dieser Symbiose, eines handwerklichen Kunstwerkes aus Leder und eines makellosen Fußes, ist für mich die fundamentale Offenbarung.

Sukzessive begreife ich, warum Schuhe für Frauen einen so hohen Stellenwert haben. Die geballte Erotik macht mich süchtig, mein Blick wandert ganz langsam an den Beinen aufwärts, bis zu den Knien und höher. Ertappt oder

gesteuert, ich schaue in ihr Gesicht. Ihren Kopf hat sie leicht zu Seite geneigt und in die Kopfstütze gelegt. Ihre Augen sind geschlossen. Sehr jung, dunkle Haare, ein makelloser Körper. Sie ist geschmackvoll gekleidet.
Ich wäre ein Lügner würde ich meine Gefühle verleugnen. Die Fantasie schlägt Purzelbäume. Die Vernunft hält dagegen und inszeniert ein Spektakel der besonderen Art, damit ich wieder Bodenhaftung bekomme. Die profanen Dinge des Lebens mutieren und führen Regie, als Zufall getarnt. Meine Trinkflasche kippt vom Abstelltisch, leicht geöffnet auf meine Knie. Zögerliche, verspätete Reflexe, erschrockenes greifen, zu spät.
Der Peinlichkeiten Höhepunkt, das Gefäß entleert sich im glucksendem Akkord zwischen meine Beine. Verschämter Blick vis-a-vis, sie hat mein Malheur nicht bemerkt. Plötzlich ein heftiger Ruck, mein Kopf schlägt gegen das Fenster. Die Realität ist sensibel strukturiert, zerstört meine Traum-Seifenblasen. Das wahre Leben hat mich wieder, mit allen seinen Befindlichkeiten. Die Nässe zwischen meinen Beinen dringt beharrlich in tiefere Regionen. Ich stehe auf, zum Glück bin ich allein in diesem Abteil.

## Olaf und die Angst vor vollbusigen Frauen

Die wuselnde Meute der Schirmträger hastet wie ein aufgescheuchter Wespenschwarm über die ampelgesteuerte Straßenkreuzung. Kollektive Schlechtwettervisagen, derbe Flüche in Allerweltsprachen, beschlagene Brillen und lang-beinige Pfützen-Springerinnen. Autofahrer parken kalt-schnäuzig in zweiter Reihe um sich eine Zeitung oder Zigaretten zu holen. Frusthupen genervter Driver und slalom-schlingernde Fußweg-Radfahrer runden das Bild.

Olaf tapst ungeschickt im Pfützen-Slalom durch die Straßen. Als er seine Wohnung erreicht hat, hört es auf zu Regnen. Die Regenschauer haben sich derart verausgabt, dass kein Wasser mehr von oben zu erwarten ist. Eine viertel Stunde später sitzt Olaf in seinem Korbstuhl auf seinem kleinen Balkon und sieht gedankenverloren in den Septemberwolkenhimmel.

Er hat sich seine angefangene Flasche Rotwein von gestern Abend aus der Küche geholt. In der einen Hand das halb gefüllte Weinglas, mit der anderen streicht er liebevoll über seinen laternen-tragenden Gartenzwerg

Hugo, der an seiner linken Korb-stuhlseite steht. Olaf hat einen halben Tag frei bekommen.

In der Betriebskantine fand heute um 9.00 Uhr die Bekanntgabe und Ehrung der eingereichten Verbesserungsvorschläge statt. Olafs Vorschlag, farbige Karteikarten und Karteikartenreiter einzuführen, wurde mit einem Geldbetrag von 150.- € und einem halben freien Tag gewürdigt. Olaf arbeitet in der Posteingangsstelle des Kriminalgerichts mit zwei Kolleginnen seit 12 Jahren zusammen. Hier ist die Zeit stehengeblieben. In Zeiten der digitalen Datenverarbeitung wird hier noch mit Karteikarten gearbeitet. Das Arbeitsklima befindet sich ent-sprechend auch auf diesem Level. In diesem alten Gemäuer schweben noch die unsichtbaren Geister der Duckmäuser, der blinde Gehorsamkeitswahn und die Untertanen-Unterwürfigkeit. Neues freies Denken verkümmert im Regelwerk der verstaubten Mechanismen. Die verstaubten Akten-berge türmen sich noch genauso wie vor hundert Jahren. Manuela, die pummelige Enddreißigerin, hat es nicht aufgegeben den Olaf anzubaggern. Heute Morgen ist Olaf in die Offensive ge-gangen. „Manuela", sagte er ziemlich maulig, „ihr Parfüm bereitet mir enorme Kopfschmerzen, ich bitte sie daher ein anderes und das auch dezenter in der Anwendung zu benutzen!"

Der Morgen war gelaufen. Manuela rannte heulend auf die Toilette, die Kollegin Pauline hinterher. 180.- € habe ich für dieses Parfüm ausgegeben und dieser ‚Saukerl' macht mich derart nieder, das habe ich nicht verdient!" Manuela ging auch nicht zur Versammlung in die Kantine. Olaf hat eine Anstecknadel und eine Urkunde bekommen. Eine verärgerte Arbeitskollegin und verdammt viel Frust auf der Seele.

Olaf holt sich eine zweite Flasche Rotwein aus dem Regal und versucht sich gute Laune anzutrinken. Mit Frauen kann er nicht umgehen, das weiß er schon lange. Irgendetwas in dieser Hinsicht stimmt nicht mit ihm. Ist es die Geschichte mit Erika, ist das die Ursache für seine Probleme im Umgang mit den Frauen, fragt er sich immer wieder?

Erika kam wie eine Monsterwelle über ihn. Er war 18 Jahre alt, sie nicht viel älter. Sie gingen Hand in Hand über die Wiesen am Stadtrand. Plötzlich lagen sie im Gras und sie auf ihm. Von der Hamsterstarre befallen war Olaf nicht in der Lage sich zu bewegen. Zentimeternah die pralle erotische Wucht der halbgeöffneten Bluse. Olaf verschloss verschämt die Augen.

Er war mental nicht auf diese Vergewaltigung seiner Gefühle vorbereitet. Als er die vollen, feuchten Lippen von Erika auf seinen Lippen spürte, gewann der Fluchtinstinkt die Oberhand. Er hat Erika nie wiedergesehen. Jahrelang hat er einen großen Bogen um vollbusige Frauen gemacht.

Bis er auf Elke traf die so gut wie keinen Busen zu haben schien. Elke war die Gespielin seines Arbeitskollegen, der wesentlich älter war als Olaf und zudem schon verdammt lange mit einer Karin liiert.

Elke legte ihre Netze auch nach Olaf aus. Olaf verfing sich eines Tages darin und dieses Luder begleitete ihn auf einen Kurztrip in den Harz. Ein Kollege aus dem Betrieb empfahl sich als Begleiter. Die Gedanken von Elke konnte Olaf nicht einmal erahnen.

Es gab keinen Platz in seiner Phantasie für Spiele dieser Art. Elke entpuppte sich als eine kleine wilde Maus, die wusste was sie wollte. Doch eine ‚Ménage' á trois' hätte Olaf total überfordert. Mit 18 Jahren sollte er endlich ein

Mann werden, heute und hier, dachte Elke. Olaf verhaspelte sich in ungeübter Manier mit den Verhütungsutensilien, so dass das Ganze in einem lächerlichen Fiasko endete.

Mit dem ‚Waterloo' im Gepäck ging es am nächsten Tag auf die wortlose Heimreise. Als Olaf seine Elke vor der heimischen Tür absetzte, stand ihre Mutter in der Tür. Ein neuer Schock der besonderen Art. Olafs Gesichtszüge froren auf der Stelle weit unter den absoluten Nullpunkt. So würde seine Elke im Alter einmal aussehen? Er schämte sich seiner Gedanken. Dieses Schlüsselerlebnis prägte die nächsten Jahrzehnte seiner Abstinenz gegenüber sexuellen Phantasien und Fallen-stellerinnen egal mit welcher Oberweite.

Die Flasche Rotwein gibt nichts mehr her, Olaf fühlt sich ausgesprochen wohl und meint die Augen hätten eine Pause verdient. Der süffige Rotwein schickt Olaf ins Reich der Träume. Sein linker Arm löst sich von der Korbstuhllehne und schlägt brutal auf den Gartenzwerg Hugo.

Zwerg Hugo kippt zur Seite und sein laternenhaltender Arm löst sich von der Zwergen- Schulter. Das ist schon oft passiert. Olaf wird es Morgen wieder richten.

## Trecker Bilder

Überraschung, ich öffne den Umschlag.
Für den besten Papa und der besten Mama der Welt. Und wenn sie Recht hat, sie Recht. Ein Gutschein für ein Verwöhn-Wochenende in einem Fünf Sterne Hotel in der Friedrichstraße in Berlin, All- inklusive und 50 Euro.
Wir bummeln die Friedrichstraße entlang. Eine Galerie lockt mit spektakulären schrillen Großformaten. Und schon gehe ich mit wichtigtuerischer Miene mit meiner Ehefrau im Schlepptau in einen dieser Kunsttempel. Wir sind mit den Kunstwerken allein und murmeln hemmungslos unseren Kunstverstand über die gespitzten Lippen.
Drei Räume für Bilder die die Fantasie fordern. Im letzten Raum die Begegnung der besonderen Art. Das habe ich doch schon irgendwann irgendwo gesehen, signalisiert mein Bauchgefühl. Mein Gedächtnis stellt sich stur. Im

Gang zur Tür hockt ein pubertäres maulfaules Milchgesicht und liest in einem dicken Buch.

Ich nehme mir einen Flyer vom Tisch. Das Milchgesicht schaut kurz auf und dann schaut es wieder weg. Auf meine Frage, wann der Hausherr hier anzutreffen sei, antwortet das Pickelgesicht nur mit einem verquälten, blicklosen Achselzucken.

Wir wandern weiter die Friedrichstraße entlang. Es fängt an zu nieseln. Beschirmtes Fußgänger-Gerangel mit Kauderwelsch der Lemming-Karawane. Es wird stressig, Kaffeeduft legt die Fährte zum Verweilen in einem gehobenen Ambiente und zaubert Lachfalten in mein Begleiterinnen-Gesicht. Schicke und weniger schicke Leute begucken uns und wir gucken zurück. Wir sitzen in armlehnenfreien, unbequemen super modernen Korbstühlen.

Mein Gedächtnis hat im Hintergrund ein Suchprogramm aktiviert und wird plötzlich fündig. Ein Bild, von dem ich meinte, ich hätte es schon einmal gesehen, hat plötzlich eine Geschichte. Mein breites Grinsen im Gesicht verunsichert meine Frau. Ihr Blick grast die Umgebung ab, sie will das Objekt der Begierde sehen. Wie sieht sie aus?

Frauen und Männer ticken anders. Mein Blick klebt an einem großen Plakat, auf dem ein Öko-Bauer einen Acker pflügt.

Das Gehirn-Puzzle hat ein fertiges Bild produziert.

Am Abend kleben wir wieder am Schaufenster der Galerie. Wir sehen zwei Personen in der Galerie. Einer mit dem Rücken zu uns. Er trägt eine Schlapperhose in der kein Arsch' drin ist, murmelt meine Frau. Wir gehen hinein und sofort durch in den letzten Raum. Ich starre wie besessen auf ein bestimmtes Bild.

Während ich neben meiner wortlosen Frau stehe und starre, um meine Erinnerung zu füttern, steht plötzlich dieser Zopf-Mann neben uns.

So als hätten sich zwei, durch die Galaxien jagende Kometen nach ewigen Lichtjahren wieder getroffen. Meine Frau signalisiert Erklärungsbedarf. In der Erkenntnis meiner Demenz ein Schnippchen geschlagen zu haben, schwelge ich glückselig und zitiere aus dem Fundus meiner Erinnerung.

In den 70/80er Jahren hatte ich im Steglitzer Kreisel im 14. Stock eine Vernissage besucht. Es gab Fruchtgetränke und

Käsehäppchen auf Pumpernickel-Scheibchen und dazu quälte uns ein Saxophon-Spieler. Ich langte kräftig zu, wie alle und schnell war das Buffet leergeräumt.

Das Spektakel wurde vom Kunstamt gesponsert und anspruchsvolle Formulierungen forderten den Kunst-Sachverstand. Die Rednerin vom Kunstamt erwähnte damals euphorisch, welch ein Glücksfall es für die Kunst-Szene bedeutete, dass die hier gezeigten Werke vier Wochen lang zu sehen sein würden.

Besonders gelungen sind die sogenannten >Trecker-Bilder<. Der Beweis, dass durch gezielte Kreativität eine Symbiose zwischen Mensch, Natur und Arbeit in der Kunst dargestellt werden könne.

Wie ein Landmann dadurch zum Künstler wird.

So oder so ähnlich klang es damals. Dann durften wir die Werke bestaunen. Ich stand ziemlich irritiert davor. Als ich im Begleittext las, wie die Bilder entstanden sind, machte ich mich aus dem Staube.

Der Künstler fuhr damals mit einem Trecker über den am Boden mit Farbe bepinselten Karton im DIN A3 Format. So entstand Kunst. Wenige Tage danach, so spiegelte mir meine Erinnerung wieder, gab ich meinem Affen Zucker und erstellte in meinem Garten Trecker-Bilder.

Mangels Trecker benutzte ich mein Fahrrad. Mit dem Fahrrad fuhr ich mehrmals über die mit Farbe präparierten Farbkartons, die auf der Wiese in meinem Garten ausgebreitet lagen. Mangels Bekanntheitsgrad in der Kunstszene und Anerkennung als Künstler, blieben meine Werke leider im Keller.

Nun stehe ich hier neben dem Künstler von damals und höre von seiner Karriere. Wir stehen vor einem echten, alten Meister-Trecker-Bild. Verkaufspreis 1200 €. Dafür ist er noch selber gefahren. Jetzt wo er einen Namen in der Kunstszene hat, fährt er nicht mehr mit dem Trecker. Sein Neffe in der Uckermark verdient sich ein paar Euro, wenn es wieder Bestellungen gibt.

Auf dem Weg zurück zum Hotel lästert meine Frau; "Du wolltest doch schon immer mal Trecker fahren. Fahren wir raus aufs Land. Wir mieten uns einen Trecker und machen Kunst. Dann hast du Spaß und verdienst viel Geld damit. Und außerdem im Quartier 205 in der Friedrichstraße ist so ein klitzekleines Geschäft, da habe ich einen Ring mit einem klitzekleinen Stein gesehen, der wäre dann auch drin!" Frauen ticken halt anders.

## Der Millennium-Phönix

Die Kongresshalle, schwangere Auster genannt, ist seit vielen Jahren das Haus der Kulturen. Dornröschenschlafatmosphäre am Dienstagnachmittag. Frühlingsanfang steht auf dem Kalenderblatt. Kaffeeduft ist der Motivator einer Schnitzeljagd für die Sinne. Er führt mich über die Stufen in die Gastronomie der schwangeren Auster.

Ein letzter freier Tisch wird angesteuert, aber nicht nur von mir. Besitzergreifung ohne Palaver, in männertypischer Konversation. Intuition oder Bauchgefühl, egal was auch immer. Mit dem Kerl, der mir nun gegenüber sitzt, stimmt etwas nicht. Unruhig rutschen wir beide auf den unbequemen harten Stühlen hin und her. Er eröffnet das Gespräch und meint, mich von der Schulzeit her zu kennen.

Er stellt sich vor, heißt Bernd. Nun fällt bei mir der Groschen. Natürlich das ist Bernd. Dieses blasse Bürschlein. von damals. Er ging nach Schulende zum Bundesgrenzschutz. War stolzer Uniformträger und Mädchenwegschnapper, wenn er auf Heimaturlaub kam. Bernd erzählte im Schnelldurchlauf die letzten Jahrzehnte: Es gab einen Fauxpas in der Uniformträger-Truppe, "Sapere aude! Wage zu denken! Uniform ade. Ich montierte dann Achterbahngleise, schaffte als Auto-Skooter-Kassierer auf Rummelplätzen. Seit drei Jahren bin ich Montagehelfer für Ausstellungen im Haus der Kulturen."

„Dagegen ist meine Lebenslitanei ein Langweiler", sage ich zu Bernd. Nach kurzer Pause zieht er ein Schreiben aus der Tasche, überfliegt es mit schalkhaftem Grinsen. „Re Asia" eröffnet in drei Tagen, Bilder, Installationen und Objekte zeitgenössischer Künstler aus Asien werden ausgestellt.

Vor einigen Minuten war ich allein im Büro. Da kam ein Fax. ‚Kim Jong Gee muss seine Teilnahme an der Ausstellung absagen. Seine Ausstellungsexponate treffen nicht rechtzeitig hier in Berlin ein. Das weiß bisher nur ich, sagt Bernd zu mir mit breiten Grinsen.

He Alter sagt Bernd, „du warst schon damals unser Kulturspinner, der größte Carver. Du hast die tollsten Sandskulpturen modelliert.

Das hier ist deine Chance". Das war die Geburtsstunde einer unglaublichen Idee. Das Fax blieb unser beider Geheimnis. Bernd war im Besitz aller Katalog-Fotos von Kim-Jong-Gee. Ich sollte nun tatsächlich danach die Werke des Künstlers nachbilden. Nachts hatte ich

Alpträume, sah mich im Gefängnis, neben Kujat, dem Hitler-Tagebuch-fälscher.

Der Bernd rief mich jeden Tag zweimal an. Sobald ich ein Exponat fertig hatte, holte er es ab. Die Ausstellungseröffnung wurde mit großem Brimborium von den Medien beachtet. Kim-Jong-Gee ist ein Fadenzieher-Fetischist. In allen Installationen symbolisieren transparente Nylonfäden den Aspekt der Einsamkeit zwischen dem Sein und dem Nichts.

Fast zweihundert Meter meiner Angelsehne und zehn Heißklebestangen hat mich diese Installation gekostet. An einer Skulptur mit dem Titel „ I Love Berlin" bastelte ich nach dem Katalogfoto bis in die Nacht.

*Geknotete Drähte, aus Gartenbindedraht, bildeten eine Kugel. Fotos von Menschen und Gegenstände aus dem täglichen Leben sind darin integriert. Die Menschen gehen in verschiedene Richtungen und erleben unterschiedliche Zeiten. Wer in Eile ist, für den ist eine Minute sehr bedeutsam. Wer spazieren geht, für den ist eine Stunde keine lange Zeit. So lautete der Katalogtext.*

Ich war baff. Das letzte Werk war ein Kratzbild. Die Ölfarben hatte ich durch wildes Kreisen mit einem Messer linienförmig und kreisförmig zerkratzt.

Der Begleittext war so aufregend, dass ich ihn mehrmals las und doch nicht verstand. Endlich hatte ich Kim-Jong-Gee's geklonte Katalogwerke fertig. Mich juckte mein kreatives Künstlergen. Aus den Bastelresten und überflüssigen Schubladenkram, entstand ein lustiges Werk. Ich nannte es ‚Der Millenniumphönix'.

Bernd stellte es in respektvoller Nähe zu der asiatischen Künstlerin auf ein kleines Podest.

Bernd war stolz auf seine Idee und meine Arbeit. Er stellte mich seinen Arbeitskollegen als seinen Schwager vor.

Das war der Türöffner für meinen ungehinderten Zutritt. Schon am ersten Tag häuften sich die Fragen nach dem unbekannten, nichtkatalogisierten Werk. Bernd antwortete:" Ich habe alles, was in den Kisten angeliefert wurde aufgestellt."

Derweil lauschte ich verzückt den Kunstexperten-Gesäusel über meinen ‚Millenniumphönix'.

Mir wuchsen Flügel, hier hatte ich eine Bühne. Ich war ein Künstler, ein Künstler, ein Künstler. Am vierten Tag wurde es zur Gewissheit. Der Millennium-Phönix war kein Werk von Kim-Jong-Gee. Diskret wurde es ein wenig zu Seite geschoben. Mehr Distanz machte es nur peinlich. Denn honorige Stimmen voll Sachverstand zollten bereits dem Künstler Respekt. Daher wagte keiner den Spagat zurück.

Nur einige, denen der Kunstverstand nicht den ganzen Kopf verdichtet hatte, meldeten ganz leise Zweifel an. Aber so, dass es keiner hören konnte. Wegen der Blamage und ihrer Reputation. Das gab Raum für Spekulationen in der Künstlerszene. Der „Millenniumphönix" blieb im steten Fokus der Besucher. Was für ein Aufstieg für mich. Vom fleißigen Sandburgenbauer und Carver über Nacht in die oberste Liga katapultiert. Wie Ikarus auf dem Weg zur Sonne.

Nach zwei Monaten war der Spuk vorbei.

Der „Millenniumphönix' wurde vorsichtig verpackt und stand nun in der Asservatenkammer im Haus der Kulturen an der Spree. Ich habe mir auf dem Höhenflug nicht die Flügel verbrannt, Gott sei Dank.

Irgendwann tauchten auch die Kim-Jong-Gee-Original-Exponate auf. Aber das ist eine lange Geschichte, die sowieso keiner verstand und die im dichten Nebel der Ungereimtheiten versandete. Das ist jetzt schon drei Jahre her. Der Bernd hat sich heute gemeldet. Im Herbst gibt es wieder eine „Re Asia". Soll er wieder den „Millenniumphönix" Kaus der Kiste zerren? Ich bin noch am Überlegen. Kann man das der Kunstszene wieder zumuten?

# Hans

Morgen werde ich aus dem Krankenhaus entlassen. Das beruhigt mich, ich möchte aber vorher noch ein Gespräch mit dem Stationsarzt haben. Der hat gestern während der Visite so seltsame Andeutungen gemacht. Nun sitze ich im Gang vor dem Sprechzimmer des Arztes mit drei anderen Wartenden. Und „Irgendwoher kennen wir uns?", spricht mich mein Bank-nachbar zur Rechten an.

Blickkontakt und dann rappelt es auch bei mir. Es ist Hans, ziemlich beste Freunde waren wir nie. Wir kannten uns vom Sehen auf dem Schulweg oder auf dem Pausenhof. Jahre später begegneten wir uns oft an den Samstagen wenn wir auf der Pirsch durch die gängigen Tanzschuppen stromerten. Wir wandern auf den Wegen es war einmal.

Eine Stationsschwester kommt mit einer schlechten Nachricht. Der Stationsarzt lässt sich entschuldigen, er muss dringend zu einer Not-OP. Morgen ist er aber für uns wieder erreichbar.

Ich verlies das Krankenhaus am nächsten Tag; ohne mit dem Arzt gesprochen zu haben.

Diese Geschichte liegt mehrere Jahre zurück. In meinem Briefkasten finde ich ein kleines Päckchen, ohne Absender. Ich öffne das Päckchen und finde einen Zettel und ein Buch, es ist ein Tagebuch. Eine Krankenschwester mit dem Namen Rosi schreibt: *Hans bat mich sein Tagebuch an Sie zu schicken. Es war nicht einfach meine Adresse zu finden. Hans hat keine Angehörigen und die die es tatsächlich gab wollte er nie sehen. Ich fange an im Tagebuch zu lesen:*

Hans schreibt:

Heute war mein erster Tag hier in diesem kleinen Ferienhaus hinter dem Deich. Ich habe jetzt Ruhe und Zeit im Überfluss und möchte die Natur beobachten. Wie der Wind die Wolken treibt, wie die Wellen sich leise am Ufer des Sees verlieren. Ich lausche den Geräuschen der Natur, dem Rauschen der Blätter im Wind, dem Geschrei der Möwen.

Ich will dieser Dynamik Raum und Zeit geben und sie mit meinen Worten beschreiben. Was ich fühle und denke, ihnen ein neues Gesicht geben. Mit einer Lebendigkeit die geprägt ist durch meine Worte. Deshalb schreibe ich dieses Tagebuch.

Montag der 3.April

Vier Monate lang werde ich hier in diesem Haus hinter dem Deich ganz allein Ruhe und Entspannung finden. Das war schon lange mein Traum. Nicht nur drei Wochen und dann wieder zurück. Ich habe es mir verdient, das habe ich mir immer wieder eingeredet.

Ich bin heute sehr früh aufgestanden. Um acht Uhr habe ich mir mein Frühstück gemacht. Die Frühstücksbrötchen hingen wie mit dem Bäcker abgesprochen an der Haustür. Der auflandige sanfte Wind trug die Abendkühle über den Strand zwischen die Mauern der flach verschachtelten niedrigen Häuser hinter dem Deich. Es gibt hier vier kleine Häuser für Feriengäste.

Bis zum nächsten Ort, einem kleinen Dorf sind es zehn Minuten zu Fuß. Träge flattern müde Schmetterlinge auf der Suche nach einem geeigneten Schlafplatzes für die Nacht. über die Veranda. Ich habe es mir in einem Korbstuhl auf bequem gemacht. Das ist mein Lieblingsplatz. Und hier schreibe ich diese Zeilen in mein Tagebuch.

Hier kann ich auch die fantastischen Sonnenuntergänge genießen. Gestern gab es ein Farbspektakel der besonderen Art. Die Sonne tunkte in den Horizont und spiegelte sich auf der glatten See bis an das Ufer.

Ein Falter schob sich in dieses Bild und ich spürte wie diese Schmetterlings- Sinfonie in meinem Kopf mutierte und sich zum Bild einer gefräßigen Raupe verwandelte.

Für einen Moment tauchten Bilder aus meiner irrwitzigen Vergangenheit auf.

Dienstag der 4.April

Heute früh bin ich mit dem Bus in die Stadt gefahren. Einmal im Monat muss ich in die Klinik zu Schwester Rosi.

Ich sollte wieder eine Spritze und einige Tabletten bekommen. Ich traf sie im Schwesternzimmer. So hatten wir das vereinbart. Auf meine Frage, was ich überhaupt für ein Medikament gespritzt bekäme lächelte Schwester Rosi nur. „Irgend so einen Mix aus Vitaminen und Aufbaustoffen". Immer dieses Lächeln, ich glaube ihr nicht das es nur Vitamine sind. Dann hatte sie mir die elektronische Fußfessel um das linke Bein gelegt und neu programmiert. Ich wollte das, nachts ist es angenehmer wenn ich auf der Seite liege. Rosie hatte heute ausnahmsweise mal Zeit und plauderte aus dem Alltag in der Klinik.

Es war genau der erste Februar, erzählte sie. Ein Mittwoch wurde zum schwarzen Freitag, zum Albtraum aller Nikotin-gourmets. Ohne Vorwarnung hingen große DIN A3 Plakate an Türen und Mitteilungstafeln in der Klinik. Ab sofort ist in allen Räumen striktes Rauchverbot einzuhalten, das galt für das gesamte Personal, von den Schwestern bis zu den Ärzten.

Für die Patienten wurde ein Raum zur Verfügung gestellt, dieser durfte nur von den Patienten benutzt werden. Es dauerte eine Woche, bis die Nikotinsüchtigen sich zu Gegenmaßnahmen formierten.

Der Heizungskeller galt jetzt als geheimes Rückzugsgebiet. Das ging drei Wochen gut, im Panoptikum der Raucherinsel vergaß eine Kiffer-Clique rechtzeitig zu lüften, der Rauchmelder fing an zu schreien.

Jahn, ein Azubi aus ‚Fredereksborg', ein stolzer Wikingerhüne, langte mit seinen Pranken an die Decke und riss den Schreihals aus den Dübeln. Dafür bekam er eine Extraportion Streicheleinheiten von den Schwestern-Schülerinnen. Das Alarmsignal hatte sich dennoch bis zur

Leitstelle des Sicherheitsbereiches durchgeschlängelt, es konnte gerade noch als Fehlalarm durchgehen. Dafür sorgte Schwester Nicole mit ihrem Engelslächeln und Sonder- Streicheleinheiten. Seit dieser Zeit gab es den Heizungskeller nicht mehr als Raucheroase.

Er blieb dennoch beliebter Geheimtreff, als Pausenfüller für ein tete–a-tete, oder einen ‚Quicki' zwischendurch.

Dann kam eine Hebamme in den Raum und griff sich einen Trink-Becher. Schüttete 12 Stück Zucker hinein und den Rest aus der Warmhaltekanne hinzu. „Männer, Männer, ich könnte sie alle in einen Sack stecken und stundenlang darauf herum prügeln", zischte sie erbost. „Was die sich einbilden, immer das Gleiche mit ihnen. Spielen sich groß auf, rubbeln auf ihren Frauen herum und kommt es zum goldenen Schuss, will jeder Zweite unbedingt bei der Geburt dabei sein und alles in 16:4 Format mit Ton aufnehmen".

Um sein Equipment optimal zu positionieren wollte ein Jungfilmer vorige Woche vorher mal so reinschnuppern. „Ich habe ihn natürlich rausgeschmissen", erzählte die Hebamme. Heute rückte dieser Jungfilmer mit voller Ausrüstung an. Eine Kamera auf Stativ und eine andere um sein Handgelenk. In der Hand seine Drehbuch-Notizen und alles in Dolby-Surround-Sound.

Als die Fruchtblase platzte, platzte auch mein Gemüt. Ich benutzte mein unteres Schub-laden-vokabular', Erschrocken tapste der Home-Videokünstler zurück, stolperte über seine Stativkamera und legte sich flach auf die Bodenfliesen.

Die Bereitschaft aus der Notaufnahme holte ihn zu sich, sein Haupthaar hatte Eigenblutkontakt aufgenommen. Ein schriller Summton und ein rotes Signallicht unterbricht barsch die Hebammen-Story. Schwester Rosi zuckt erschrocken
zusammen und schlug dabei mit dem Ellenbogen brutal gegen den Fensterrahmen. Die Hebamme knallte den Kaffeebecher auf den Tisch und spurtet mit einer Geschwindigkeit Richtung Tür die ich ihr nicht zugetraut hätte.

Beide sausten den langen Flur entlang. Schwester Rosi hatte die Hebamme überholt. Rosi gewann den Spurt, öffnete die Babyklappe, grifft sich das Handtuchbündel, schob die Tücher beiseite und erschrak derart, dass sie fast das Bündel fallen lässt.

So schilderte mir Rosi diesen Auftritt als sie zurückkam.

Die Hebamme griff nach und schaute ebenfalls auf den Inhalt, ungläubiges Kopfschütteln.

Ein ‚Pan' mit animalisch schwarzen Augen. Nur kurz währte der Schreck. Als wäre es ein Zeichen, eine Mahnung an die Götter in Weiß. Das Paradigma des Seins, Zeitreise in die Paläanthropologie. Als sie an dem Schwesternzimmer vorbei kamen wollte ich auch einen Blick auf das kleine Bündel werfen. Sie verweigerten mir den Anblick, doch irgendwie schaffte ich es. Dieser Anblick des so entstellten kleinen Menschen hatte sich sofort in mein Gedächtnis eingebrannt, so dass ich gleich zum Bus gegangen bin. Ich hatte keine Lust mehr ein wenig durch die Stadt zu bummeln.

Donnerstag 6.April

Dicke fette Wolken wurden von einem leichten Wind den ganzen Tag lang über das Land und Wasser getrieben. Ich bin wieder bis zum Ende der Landzunge am Strand entlang gelaufen. Hier ist der Strand sehr steinig und Touristen verirren sich selten hier her. Meine Strandgutsammlung wurde heute wieder um einige besondere Fundstücke bereichert.

Ein kleines Stück Holz, mit markanter Oberflächenstruktur werde ich ein wenig bearbeiten. Eine schöne Beschäftigung für Regentage. Außerdem habe ich noch fünf ‚Hühnergötter' gefunden und auf die Leine geschoben. Am Abend habe ich mir eine Pizza in den Ofen geschoben.

Wenn ich wieder zu Schwester Rosi fahre muss sie mir die elektronische Fußfessel am linken Fuß korrigieren. Sie drückt auf das Gelenk. In der Hecke am Haus bauen Vögel ein Nest. Ich werde das weiter genau beobachten.

Dann muss ich an die Geschichte der Hebamme denken. Warum wollen so viele Menschen bei der Geburt eines Menschen dabei sein und fotografieren und filmen. Wenn ein Mensch aus dem Leben geht, erscheint es pietätlos den Menschen in seinen letzten Augenblicken hier im irdischen Leben zu fotografieren oder zu filmen. Welcher dieser Momente bedeutet etwas oder bedeutet mehr.

Es ist spät, ich gehe jetzt schlafen und hoffe, dass ich Ruhe finde.

Freitag 7.April

Der Brötchenbote vom kleinen Krämerladen im Dorf hat einen Zettel an den Brötchenbeutel geheftet. Ob ich was

Bestimmtes brauche, er fährt übermorgen Mittag in die Stadt. Ich habe keine Wünsche geäußert. Das Wetter ist nicht besonders freundlich. Ich bleibe im Haus. Wäsche gewaschen und alte Musik von alten Platten gehört.

Samstag 8.April

Das Wetter war heute auch nicht besonders gemütlich. Ich habe dennoch einen langen Spaziergang bis an das Ende der Landzunge gemacht.

*Zuhause lag ein Zettel auf dem Küchentisch. Schwester Rosi war da ich soll mich nicht wundern sie hat meine Vorräte inspiziert. Sie hat im Dorf beim Krämer Börner etwas für mich bestellt. Ich soll nicht sauer sein, schreibt sie. Aber sie weiß nun mal am besten was ich brauche und was mir fehlt.*

Ich lege einen Zettel in das Tagebuch und klappe es zu. Warum schickt mir Hans sein Tagebuch. Wir haben uns doch fast ein Leben lang nicht gesehen. Bis auf das kurze Zusammentreffen im Krankenhaus als wir auf den Arzt warteten. Und was bedeuten die elektronischen Fußfesseln. Das alles kommt mir sehr merkwürdig vor. Am Abend werde ich weiter lesen.

Sonntag 9. April

Heute Mittag tobte ein heftiges Gewitter. Zwei Spaziergänger rannten aufgeregt auf dem Deich hin und her. Ich winkte sie heran, unter dem Terrassendach konnten sie sich unterstellen.

Wir kommunizierten in angenehmer Atmosphäre. Bis zu dem Zeitpunkt als sie meine ‚Manschette' am Fuß bemerkten. Plötzlich kippte die Stimmung und beide hatten es plötzlich sehr eilig, obwohl der Regen noch nicht aufgehört hatte.

Ich vermute, einer erkannte was ich für eine ‚Manschette' über dem Fußgelenk trage.

Montag 10. April

Die Vögel haben ihr Nest fertig. Jetzt fangen sie an zu brüten.

Ich weiß nicht was das für Vögel sind. Ich habe kein Telefon und keinen PC hier im Haus. Fernsehen auch. Ich habe das so gewollt. Es ist nicht einfach aber so langsam gewöhne ich mich daran.

Dienstag 11. April

Nichts Besonderes passiert

Mittwoch 12. April

Nichts Besonderes passiert

Donnerstag 13. April

Nichts Besonderes passiert

Freitag 14. April Karfreitag

Alle fünf Nachbarferienhäuser sind jetzt belegt. Zum Glück liegen die Häuser sehr weit auseinander. Hin und wieder sehe ich von meiner Terrasse aus auf dem Deich Menschen mit Kindern oder Hunden laufen.

Samstag 15. April

Nichts Besonderes passiert

Ich schlage jetzt willkürlich einige Seiten weiter auf.

Mittwoch 31.Mai

Ich bin heute wieder mit dem Bus ins Krankenhaus gefahren. Schwester Rosie gab mir wieder eine Spritze. Ich habe sie wieder gefragt, was sie mir da spritzt. Sie hatte wieder nur mit ihrem Lügenlächeln geantwortet.

>Ein Vitamin-Cocktail sei es<. Danach kontrollierte sie die elektronische Fußfessel. Als Rosi für einen Augenblick den Raum verlies, notierte ich mir schnell den Namen des Medikamentes das sie mir gab.

Danach suchte ich in der Stadt eine Apotheke auf und zeigte dem Apotheker meinen Zettel. Sein freundliches

Lächeln erstarb in einem ungläubigen Staunen. Er schaute mich sekundenlang an als suchte er nach Worten. Dann schüttelte er immer wieder den Kopf. Ich wurde ungeduldig und ungehalten. „Ja was ist das nun für ein Medikament"?

Er murmelte etwas Unverständliches und schaute mich weiter mit ernster Miene an.

„Genaues könne er nicht sagen, er habe davon noch nie etwas gehört" Er tippte etwas in seinen Computer suchte weiter und weiter. Ich riss ihm meinen Zettel aus der Hand.

In der nächsten Apotheke erlebte ich das Gleiche.

Donnerstag 1.Juni

Ich habe kaum geschlafen. Diese innerliche Zerrissenheit gewinnt wieder die Oberhand. Ich versuche mich dagegen zu wehren. Sie belügen mich alle. Warum tun sie das, was habe ich Ihnen getan, dass es ihnen das Recht gibt so über mich zu bestimmen. Dann fangen sie mich wieder ein, die Erinnerungen. Erst sporadisch, dann in einer brutalen Deutlichkeit.

Problemlösungsstrategien waren ein beliebtes Thema auf meinen unzähligen Fortbildungsseminaren. Hier offenbarte sich die Kluft zwischen Theorie und Praxis. Ich muss gerade daran denken wie ich einmal sechs Problempunkte auf die Dringlichkeit und Priorität analysierte. Ich fand keine Lösung. So ging das plötzlich weiter und erschreckt stellte ich eines Tages meine Ausweglosigkeit fest. Ich sah im diffusen Lampenlicht eine Gestalt, mit einem Buch in der Hand, neben meinem Bett sitzen.

In diesem Augenblick sah mich diese fremde Person an. Lächelte, legte das Buch aus der Hand und strich mir sanft über den Kopf. Wortfetzen flogen wie Pfeile an meinen Kopf. Augenblicke später standen mehrere Menschen im Raum. Ich schloss wieder die Augen spürte eine unfassbare Müdigkeit und dann wurden die Stimmen immer leiser.

Es verging eine Zeit, die ich nicht fassen konnte. Ich spürte eine Zerrissenheit in meiner Brust. Klammerte mich an Puzzle die sporadisch meine Gedanken forderten. Irgendwann begriff ich was sie von mir wollten. Sie reichten mich herum und immer wieder weiter, weiter. Ich verstand nicht um worum es ging. Später erzählte mir Schwester Rosi, Psychiater, Andrologen, Okkultisten, Sexualtherapeuten hätten herumgestochert.

Meinen Vater hatten sie ausfindig gemacht, er lieferte eine Story in seiner Vision zu diesem Drehbuch. Er lebte damals als es mich noch nicht gab, mit zwei Lesben zusammen. Beide wollten ein Kind von ihm. Eine wurde schwanger. Als ich auf die Welt kam zogen die beiden Frauen aus. Ich wuchs ohne Vater mit zwei Müttern auf. Mit achtzehn Jahren ging ich meinen eigenen Weg. Ich habe meinen Erzeuger-Vater nie zu Gesicht bekommen.
Hier enden die Eintragungen von Hans, es gibt nur noch leere Seiten.
Drei Tage später bin ich im Krankenhaus und frage mich zu Schwester Rosi durch. Sie hat noch drei Tage frei, eine Telefonnummer oder die Adresse geben sie mir nicht. Ich hinterlasse meine Telefon Nummer und bitte um ein Treffen.
Zwei Tage später treffe ich mich mit Rosi.
Rosi legt sogleich los. „In der letzten Zeit ist regelrecht ein ‚Psychoboom' ausgebrochen. Hervorgerufen durch das In-Frage-stellen der psychoanalytischen Therapien durch Verhaltenstherapeuten und deren Fürsprecher, sagt Rosi. In manchen Fällen geht es nur um die Anerkennung der Heilmethoden. Sie haben zwar die akademische

Psychologie auf ihrer Seite, aber die Krankenkassen sehen das anders. Dagegen haben die Psychoanalytiker fast immer die Anerkennung der Krankenkassen „ sagt Schwester Rosi.

„Ich verstehe gar nichts, was hat das mit Hans zu?"

Hans wurde eines Tages in unsere Klinik mit dem Burnout-Syndrom eingeliefert. Hans wurde regelrecht herum gereicht. Von einem Experten zum anderen. Von einer Therapie zur nächsten. Dann wurde er als ‚geheilt' entlassen. Zwei Wochen später fanden ihn Pilzsucher halb erfroren und verhungert im Wald. Das Szenarium begann wieder von vorn. In den Kliniken wurde nichts ‚auffälliges' diagnostiziert. Wieder wurde er als ‚geheilt' entlassen. Einige Tage später fanden sie Hans nur durch Zufall in einer leerstehenden Fabrik-Ruine am Stadtrand. Die Polizei fand in der Nähe eine Leiche und Hans geriet sofort in Verdacht.

Hans landete in der geschlossenen Psychiatrie. Es konnten keine Zusammenhänge zwischen dem Todesopfer und Hans festgestellt werden. Hans blieb dennoch in der geschlossenen Anstalt. Eine Organisation die sich ehrenamtlich um fragwürdige Fälle kümmerte nahm diesen Fall genauer unter die Lupe. Es gab keine Indizien die gegen Hans aussagten. Dann bekamen wieder die Experten aus der ‚Psycho- Szene' ihre Auftritte. Hans wurde in eine betreute WG entlassen. Hans fühlte sich dort nicht wohl. Er wollte seine Eigenständigkeit so gestalten wie er es sich vorstellte. Dafür gab es aber in dieser Einrichtung keinen Freiraum.

Es kam oft zu verbalen und mentalen Ausrastern der Mitbewohner. Immer häufiger stieg Hans einfach in einen Bus oder eine Bahn nach ‚Irgendwo'. Die Betreuer und das Experten-Team der Klinik wagten ein Experiment und entließen ihn in die Selbstständigkeit. Mit der Auflage einer elektronischen Fußfessel, um ihn nicht aus den Augen zu verlieren. Zu seinem Selbstschutz sagten die Experten.

Ich wurde seine Betreuerin und war entsprechend verantwortlich. Über eine karikative Einrichtung konnten wir für vier Monate ein Ferienhaus an der Ostsee anmieten. Dort lebte Hans genau zwei Monate. Ich habe ihn mehrmals dort besucht. Er kam auch wie vereinbart zu den Terminen ins Krankenhaus um sich seine Spritze und die Tabletten abzuholen.

Dann passierte das, was er in seinem Tagebuch erwähnte. Er wollte wissen, was ich ihm gespritzt habe und was das für Tabletten sind, die er regelmäßig nahm. Ich durfte es ihm nicht sagen. Abgesehen von meiner Schweigepflicht als Krankenschwester musste ich in diesem Fall eine zusätzliche Erklärung unterschreiben.

Hans war eines Tages verschwunden, Touristen glaubten ihn auf einem Fährschiff nach Dänemark gesehen zu haben. Wir haben keine Ahnung was mit ihm passiert ist. Das ist jetzt über fünf Jahre her, Hans bleibt verschwunden.

## Flugbestäubung

Sie heißt Maren, wird in drei Tagen achtundzwanzig Jahre alt. Produziert zunehmend Panik und schweißgebadete Albträume, die hässliche Morgenpickel hinterlassen. Ist Single und fühlt sich wie Ramschware auf der Resterampe. Britta, Nicol, Corrina, Nina, Bibi, alle haben Kinder. Manche im Doppelpack und selbstverständlich sind die Mütter alleinerziehend.

Sie, eine naturbelassene Schönheit, verzichtet gern auf den Schnickschnack wie Ohrstecker, Lippenstift und Make-up. Damit passt sie optimal in das Jungmutti-Outfit ihrer Clique, nur der eigene Balg fehlt noch. Sie hat jahrelang akribisch Verhütung praktiziert, immer eine passable Auswahl an Kondomen im Täschchen.

Mit den Jahren ist sie anspruchsvoller geworden, was Mannsbild und Ort betrifft. Doch ihr Klientel ebenso, es macht sich rar und schnell aus dem Staub. Sie hat Abitur und drei Semester BWL studiert. Stolpert als graue Maus mürrisch durch den Büroalltag in einer Schraubenfabrik.

Wer zu spät kommt den bestraft das Leben, die Losung als Lösung. Analytische Strategien reifen strukturiert zu einem Plan. Sören, der Erzeuger von Ninas Linus, ist wieder Stammgast im Club 24. Das weiß aber nur Maren, derweil die Muttis Fläschchen geben.

Sören ist ein Traummann, hat Charme und Charisma im Überfluss. Aber ein Hallodri, lässt nichts anbrennen. Nicht geeignet als heimischer Sofa-Sitzer, sagt er frei heraus. Während die Jungmuttis Windeln wechseln, geht Maren dem Sören an die Wäsche. Der goldene Schuss sieht

anders aus, der Teststreifen zeigt die falsche Farbe. Maren geht auf Spurensuche, hat Glück und Sören wieder Lust.
Der Teststreifen zeigt Mitleid und hat die richtige Farbe. Maren hat Pickel zu Hauf, spuckt, isst süß und sauer, zieht die engsten Hemden stramm über den Bauch.
Ein stolzer Kugelfisch auf dem Laufsteg. Alles geht gut, amtlicher Eintrag in das Register, wie bei Britta, Nicol, Corrina, per ‚Flugbestäubung' zur Jungmutti mutiert, Vater unbekannt. Maren sitzt neben Nina auf der Buddelkastenbank und kifft, ihr Malte neben Ninas, sie bauen Burgen in den Sand. Nein diese Ähnlichkeit, ist das nicht süß, säuseln sinnliche Spitzlippenmünder.


Die Absprache

In drei Tagen wird sie 35 Jahre alt sein. Sie ist dann mal weg, hat sie allen mitgeteilt. In drei Stunden geht der Flieger nach Barcelona. In fünf Tagen will sie wieder in der Firma zurück sein. Es muss etwas geschehen, so kann es nicht weiter gehen. Björn wurde vor drei Monaten befördert, ist jetzt Teamleiter in der Datenerfassung.

Mit 25 Jahren ist er der jüngste Mitarbeiter auf dieser Führungsebene. Noch Single und wohnt mit einem ehemaligen Kommilitonen, in einem 5-Zimmer Penthouse in der Friedrichstraße. Björn kommt aus einfachen Verhältnissen, ist ohne Vater aufgewachsen. Seine Mutter hatte Bindungs-ängste und überzogene Anforderungen an ihre zahlreichen Liebhaber. Björn achtet sehr auf sein Äußeres, treibt Sport und joggt regelmäßig am Sonntagvormittag im Tiergarten, rund um den großen Stern.

Vor drei Wochen die Begegnung der besonderen Art. Frau Gloria von Büchen stützt sich am Roon-Denkmal, verbiegt sich mit Dehnübungen.

Ein Hingucker, wohl proportioniert, mit strahlenden Augen und sinnlichen Lippen. Björn glaubt nicht an Zufälle, sein Bauch-gefühl sendet Signale. Seit dieser Zeit joggt er nicht mehr allein. Gloria ist nicht nur seine oberste Chefin, sie ist ihm unheimlich. Für fünf Tage ist sie nun verreist, Sonntag- Jogging inbegriffen. Dennoch geht sie ihm nicht aus dem Kopf. Eine Woche später, die Teambesprechung ist beendet, Frau Gloria von Büchen bittet Björn um ein Gespräch in ihrem Büro.

Die Vernetzung ihres Computers zu Hause, mit dem Zentral-rechner in der Firma, scheint nicht optimal zu sein, ob er sich das einmal anschauen könne. Er schaut und optimiert das System im Handumdrehen.

Ein edler Tropfen und sinnliche Musik zum Kerzenschein als kleines Dankeschön. Feengleich schwebt die Verführung im Raum, betört seine Sinne. Die Hormone fliegen Karussell. Sie bestimmt die Spielregeln, hat ihn fest im Griff. Kennt ihr Ziel und nennt ihr Ziel, sie will ihn haben mit Haut und Haaren. Morgen Abend zum Update, neueste Version, versteht sich. Björn hat abgehoben, sucht nach Bodenhaftung, vergebens. Sie legt die Karten auf den Tisch, sagt es offen und frei. Sie will ein Kind vom ihm, mehr nicht, einfach so. Sie hat ein Konzept, einen Plan, einen Vertrag.

Die sinnliche Lust hat heute Pause, Fakten, Daten haben das Sagen. Sie will kein anonymes, eiskaltes Befruchtungs-szenario. Björn lässt sich kaufen, will kein Geld, liefert Gefühle und hofft auf mehr. Mehrere kurze und heftige Körperkontakte, dann ist es vollbracht. Björn hat geliefert, Teil zwei der Absprache tritt in Kraft. Björn leidet still, seine Seele ist krank. Pünktlich, ohne

Komplikationen gibt es einen neuen Erden-bürger und ein Zweiminuten-Video für alle im Büro. Björn bleibt besser im Hintergrund, der Vertrag fordert es.

## Yuppdidu, Rambo und Doc

Das wahre Leben schreibt die wahren Geschichten. Zehn Jahre lang habe ich sie mit mir herumgetragen. Behütet wie einen Sack Flöhe, keinem Menschen davon erzählt. Doch jetzt halte ich es nicht mehr aus und schreibe sie auf.
Ich bin Vollprofi, Jahrzehnte lang U-Bahnfahrer auf der Linie U7. Professionelles Einnicken und zum richtigen Zeitpunkt Wachwerden. Zweimal am Tag mit der Kellerbahn zur Arbeit und zurück. An einem Montagmorgen um 6.33 Uhr, ein leises Wispern am linken Ohr "Hallo, hörst du mich?
Ich bin ein sogenannter, Pulex irritans', so nennen mich die gebildeten Menschen. Für die anderen bin ich der gemeine Floh. Erschreckt zuckt meine Hand, erschreckt piepst das kleine Stimmchen.

„Keine Angst, ich bin ein Öko-Floh, Vegetarier schon lange, wenn du verstehst! Ich lebe hier im Team mit Rambo und dem Doc. Seit es hier unten Fernsehen gibt gehen wir, immer seltener nach oben in die Sonnenstudios. Die Linie U7 ist unsere Lieblingsstrecke, dich kenne ich schon seit Jahren. Heute ist mir langweilig, die Monitore dudeln nur Werbung und Wiederholungen.
Übrigens dahinten sitzt dein Chef!". Brutales Rucken, Stillstand, Türen fliegen auf. Berliner Straße, trompetet der Deckentrichter. Ungeduldige Drängelei, Austausch der hasten-den Lemminge. Neustart mit neuen Gesichtern. Mentale Auf-arbeitung meiner Schultersouffleuse. Kein Wispern und Flüstern am linken Ohr. Noch drei Stationen, zu kurz für den Sekundenschlaf.
Tage später, ein Dienstagmorgen 6.11 Uhr, gewohnte Kuschelecke, vorletzter Wagen. „Guten Morgen!", piepst das Stimmchen frech. Verstohlen wandert mein Blick,

kein Nachbar hört mein Fragen." Erzähl, was treibt ihr kleinen Monster hier, wie lebt es sich so ohne Menschenblut?"

„Wir kamen einst von ganz weit her. Meine Eltern fielen in der großen Schlacht, schon in der zweiten Nacht. Ausgehungert gierig am Bahnhof Zoo, oder da irgendwo. Einer aus der Sippe, fand mich abgemagert bis aufs Gerippe. Päppelte mich mit Vitaminen auf. Bevor er aus meinem Leben verschwand, gab er mir den Rat. Die größte Gefahr für Leib und Leben ist fürwahr, wie immer der Mensch. Schon lange nicht mehr sein mörderischer Schlag oder die Chemie.

Sein roter Adernsaft, unser Lebenselixier, einst Labsal für Generationen rund um den Globus ist verseucht mit Drogen, überladen mit Produkten aus der Hexenküche der Pharmaindustrie. Sie dopen sich und schlucken Vitamine, im Stundentakt. Wir sterben wie die Fliegen am verseuchten Blut. Lass die Finger davon, seitdem bin ich Vegetarier und lebe noch. Kumpel ‚Rambo' war einst total verseucht, vollgepumpt mit Muskelaufbaumitteln.

Ich fand ihn hier unten in der U7. Er ist einem Bodybuilder besinnungslos von der Schulter gerutscht. Es war nicht einfach, nach zwei Wochen hatten wir ihn radikal umgestellt. Der ‚Doc' schleppte eines Tages ‚Lumba' an, der litt unter einer Parfüm- Allergie. Suchte sich schnucklige Frauen, pumpte seine Lungen mit Haarstylingsdüften bis zum Erbrechen voll.

Wir machten eine Therapie mit ihm, heute er ist clean. ‚Drago' konnten wir nicht retten, hatte sich an einem Yankee vergriffen. Aids- verseuchtes Blut, lebte nur noch drei Wochen. Das ist jetzt schon ein Jahr her, solange habe ich dich schon im Fokus. Nicht weil du mir gefällst, du bist immer pünktlich. Hast einen Stammplatz, genau wie wir, ein vertrautes Bild im grauen Alltagstrott.

„Warum sitzt du nicht bei deinem Chef, kannst du ihn nicht leiden", tönt das freche Stimmchen? Verstohlen mein Blick, im Flüsterton zum kleinen Vampir. "Mein Chef ist ein Sklaventreiber, harter Hund, wenn du verstehst was ich meine. Kennt keine Gnade, nach oben buckeln, nach unten treten!"

„ Das glaub ich nicht, ein Gentleman mit solchen Manieren, spricht da der Neid? „Willst du mich provozieren, frecher Floh"? Vier Tage gab es Ruh, fast schon vergessen das kleine Monster. „Ich war zu Hause bei deinem Chef", tönt leise das Stimmchen. „Er bohrt in der Nase wie du, hört seiner Frau nicht zu, ist da ein ganz kleiner Wicht". Seit dieser Zeit komme ich nicht mehr zur Ruhe, kaum sitze ich in der U-Bahn, labert mich das Stimmchen voll.

Eines Tages gab mich mein Arbeitgeber frei, für immer. Ich hatte nun viel Zeit und beschloss, diese kleine Geschichte aufzuschreiben. „Ich wünsche meinem kleinen Öko-Floh ein langes Überleben".

## Schorsch

Seine Inge kam nicht mehr aus dem Kurzurlaub vom Starnberger See zurück. Eigentlich schon, doch unter außergewöhnlichen Umständen, die keiner ahnte.

Mit fünfundfünfzig Jahren Herzinfarkt und die Heimreise in einer länglichen Kiste, von dem Discountbestatter-Service. Für den Frührentner Schorsch ein ziemliches Fiasko.

Sein Sohn Magnus vegetierte amusisch in einer Jungkünstler-Kommune, die Tochter pausierte als spätgebärende alleinerziehende Mutti in einer alternativen Frauengruppe. Schorsch lernte Knöpfe annähen und die

Waschmaschine bedienen. Wenn sein Lieblingsfußballverein mal wieder die rote Laterne trug, packte ihn das nackte Elend und der Doppelkorn zerstörte wieder tausende kleine Zellen unter seinem dünnen Haupthaar.

Zehn Jahre lebte er so dahin. An einem Samstag hatte es Schorsch eilig, sehr eilig. Die Sportschau fing in zehn Minuten an. Schorsch rannte, kam ins Stolpern und unter die Straßenbahn. Sein Schutzengel konnte das nicht verhindern. Seitdem sitzt er im Rollstuhl. Die Beine machen Pause für immer, sagten die Medizinmänner.

Parkaue heißt die Anlage, betreutes Wohnen mit Pflegestufe I-III und weiter. Schorsch hat Glück, ein Zweibettzimmer mit eigenem Fernseher. Sein Mitbewohner ist ein grenzdebiles spindeldürres Männchen. Hängt die meiste Zeit debil im Rollstuhl rum. Wird von einem Raum zum nächsten geschoben und irgendwo abgestellt, wie ein unbrauchbares Möbelstück. Schorsch ist genau das Gegenteil, agil und munter. Ist immer auf Achse, so oft er kann, verlässt er mit seinem Rollstuhl die Anlage. Der nahe Park, das Einkaufscenter sind sein Revier.

In einer Woche hat er Geburtstag, dann wird er 72 Jahre alt. Sein heimlicher Wunsch ist ein elektrischer Rollstuhl. Sein Favorit ist der Scooter Storm Medulo-Mistral 4. Mit Joysticksteuerung, einer Reichweite bis zu 35 Kilometer und einer maximalen. Geschwindigkeit von 15 km/h. Ein Traum, der Rolls-Royce in dieser Kategorie. Jetzt fährt er das vom Sozialamt gesponserte, gebrauchte Standard-Modell, den Casamovie 57, das Höchste an Komfort, was zur Verfügung gestellt wird. Schorsch spart eisern sein karges Taschengeld, damit will er seinen „Hot Fuzzy" eines Tages aufrüsten.

Für Besorgungsfahrten zum Discounter nimmt er Kilometergeld. Der Hannes, Dauerlieger auf der Station 4, lässt sich heimlich das St.-Pauli-Schmuddelblatt von Schorsch mitbringen. Schorsch hat eines Tages das Geld zusammen und einen Termin in der Werkstatt. Das Ergebnis übertrifft seine Erwartungen. Links ein verchromter Klemmspiegel, trapez-förmig, konvexes Glas. An die rechte Seite wurde ein knallroter Automatikregenschirm montiert, aufgespannt ein Meter Durchmesser. So aufgerüstet rollt der stolze Schorsch wieder zurück ins Heim.

Für Geburtstage ist immer eine kleine Ecke in der Cafeteria im 4. Stock reserviert. Punkt zehn Uhr, Schorsch präsentiert seinen Gästen sein aufgemotztes „Hot Fuzzy". Die Sozialamtsglückwunschbotin rümpft beleidigt ihre Puder-nase. Dafür geben die Sozialhilfeempfänger ihr Geld aus. Fünfzig € im Umschlag, mit handsignierter Bürgermeister- Unterschrift für Schorsch, hat sie im Geburtstagsgepäck.

Die Heimleitung hat Kaffee und Streuselkuchen spendiert. Spätestens um 12.30 Uhr müssen alle wieder die reservierte Ecke freimachen, für die Insassenabfütterung.

Ein Jahr ist wieder vergangen, in einer Woche hat Schorsch wieder Geburtstag. Schorsch hat sich ausgerechnet, wie lange er noch leben muss, um sich den elektrischen Superschlitten leisten zu können. Er müsste mindestens 104 Jahre alt werden. Den Hannes, von der Station 4, haben die Götterboten zu sich geholt. Ein Stapel St. Pauli Nachrichten, geht als Vermächtnis an Schorsch. Sie fragen Schorsch wie immer nach seinen Geburtstagswünschen.

Der Zivi macht sich nass vor Lachen, die Stationsschwester eilt zur Pflegedienstleitung, diese zur

Heimleitung. Der Hausarzt wird hinzugezogen. Krisensitzung auf höchster Ebene. Frau Mechthild Sauer, ehemalige Gymnasiallehrerin, gewählte Bewohner-Vertreterin, eilt hinzu. Auch die Personalvertreterin schüttelt ungläubig den Kopf.

Dreißig Jahre arbeitet sie in diesem Job, noch nie ist ihr derartiges zu Ohren gekommen. Einstimmige Ablehnung, Frau Mechthild Sauer soll ihm das gefälligst ausreden, basta. Schorsch muckt auf, will nicht aufgeben. „Ich habe gespart, kann es mir leisten und ich will". Die Heimleiterin lädt zum Vieraugengespräch, versucht einen Kompromiss zu finden. Die Hausordnung lässt es nicht zu, es verstößt gegen die guten Sitten.

Wenn er sich weiterhin so uneinsichtig zeigt und den Hausfrieden stört, kündigen sie ihm den Vertrag. Sie geben ihm eine Woche Bedenkzeit. Morgen hat er Geburtstag, Schorsch bleibt im Bett, meldet sich krank. Kurze Pflichtauftritte der Gratulanten. Ab 18.00 Uhr wird es dunkel und die rollstuhlfahrende Heimbewohner-Crew hat ihre Fahrzeuge geparkt.

Unbemerkt verschwindet die Frau im Fahrstuhl, unbemerkt steigt sie in der dritten Etage aus. Ein kurzer

Blick, ein kurzer Weg. Die Zimmertür 303 geht auf und zu, Schorsch liegt schon auf dem Bett. Sein Mitbewohner, das dünne schwerhörige Männlein, schlummert den gerechten Schlaf.

Sie nennt sich Nina, trägt Strapse und kann Kunststücke, was die Libido alter Männer betrifft. Eine halbe Stunde später verlässt eine Nina, so unbemerkt wie sie kam, das Altenheim Parkaue. Der Zivi schnuppert ungewohntes Odeur am Fahr-stuhl, dann dämmert' s ihm, so ein alter Lustmolch dieser Schorsch.

## Sie weiß was sie will

Wenn sie ihren Turbo anwarf, galt die höchste Alarmstufe. Ihr Jäger-Gen ist der Motor für die spontanen Exkursionen in die Erwachsenenwelt. Ein Zufall, Glücksfall oder Missgeschick, je nach Betrachtungsweise. Ein ungesehener kollektiver Ausbruch der Krabbelgruppe, in ein No-Area-Gebiet der Erwachsenwelt, brachte für Ava Emilia unverhoffte Beute.

Eine Rumkugel vom Weihnachtsteller verschwand blitzschnell in Ava Emilias Mund.

Das Kita Wachpersonal schnipselte derweil Weihnachtssterne aus Glanzpapier. Analog der Lebenstage, forderte Ava Emilia zunehmend die ganze Vielfalt des pädagogischen Feingefühls vom gesamten Hortpersonal. Das beherrschen des aufrechten Ganges eröffnete ungeahnte Möglichkeiten.

Der problemlose Zugang zu den Alcopops der betagteren Hort-Mitbewohner, erzeugte neben dem gelegentlichen Unwohlsein auch viel Spaß.

Restalkoholtropfen im heimischen Revier aus Schnapsgläsern fingern, wurde zügig bis zur absoluten Perfektion ausgebaut. Die ständige Bereitschaft auf so hohem Niveau erzeugte Stress bei allen Erziehungsberechtigten. Der Tag der Hort Abschieds-feier, zu Ehren Ava Emilia, ging in die Analen der Kita-Geschichte ein. Die Schule streckte nun ihre Fühler aus, Ava Emilia nahm die Herausforderung gelassen an. Das ständige Wechselspiel von Hoch und Tief im Schulalltag, produzierte für alle ein Wechselbad emotionaler Höhepunkte.

Opa Karlheinz ist seit zwei Wochen aus der Reha zurück. Ein hoffnungsloser Fall, alle wissen wie es um ihn bestellt ist. 1949 hatte er sich freiwillig zur Uranerzgewinnung des Groß-kombinats der Wismut AG in Thüringen gemeldet. Die hohe Staubentwicklung durch das Trockenbohren führte zu Staublunge und zum Krebs. Er kränkelte, ließ sich zur wismuteigenen Polizei versetzen.

Nach der Wende tingelte er mit einem vollgestopften Kleinlaster, als fahrbarer Tante-Emma-Laden, über die Dörfer. Eines Tages lohnte sich das nicht mehr und sein Krebs expandierte. Im Krankenhaus gaben sie ihm Morphium, da konnte er schon mal gequält lachen. Das verging ohne Morphium sehr schnell, der Gesetzgeber hat enge Grenzen gesetzt, wo und wie das Leiden stattfinden darf.

Der Opa kann das Bett nicht mehr verlassen. Wenn Ava Emilia kommt, bringt sie ihm heimlich einen Flachmann mit. So haben sie es in geheimer Runde abgesprochen. Dann sprudeln die unglaublichsten Geschichten, Erfundenes, Erlebtes, wo mag da die Grenze sei. Ava Emilia hört sie gern, manche nicht zum ersten Mal. Bis seine Zunge schwer wird. Sein fuselbenebelter Kopf leidet dann auf einer anderen Ebene.

Der Opa ist tot, der Beerdigungszeremonie droht ein Eklat. Ava Emilia hat ein weißes Kleid an, Blumen im Haar und einen Kassettenrecorder unter dem Arm. Die schwarz gekleidete Trauergemeinde, übt sich in kollektiver Entrüstung.

Ava Emilia hat das mit dem Opa so abgesprochen, was anderes kommt nicht in Frage, lautet ihr Kommentar. Das weiß gekleidete Trauerkind, wird durch schwarz tragende Trauer-menschen, optisch optimal abgeschirmt.

Eine viertel Stunde später, ein kleines Mädchen in einem blütenweißen langen Kleid und Blumen im Haar, steht allein vor dem Sarg in der Grube. Verschämt drücken sich einige Schwarzkleider-Träger durch die Büsche. Weit über den Friedhof schallt der Kassettenrecorder.

Drei Mal spielt sie Imagine, von John Lennon.

Ava Emilias ‚Homie', der Lines wird 14 Jahre alt und will es zu einem unvergessenem High-light werden lassen. Im Sprachduktus der Kids, sich aus der Welt beamen, „to get mashed, hamered". Die Erzeugerfraktion ist nicht Hause. Die Karaoke-Einlagen sind voll die akustische Vergewaltigung. Genervte Hausbewohner laden die

Polizei zur Begutachtung ein. Sie kommen wieder und nehmen Souvenirs mit.

Die Bausteine der Evolution kennen ihren Ablaufplan, die Östrogene und Hormone arbeiten jetzt Hand in Hand.

Ava Emilia war schon von Anbeginn einen Schritt voraus, das hilft ihr ungemein. Sie überlässt nichts dem Zufall, schon gar nicht ihrer naturbelassenen Schönheit. Blond, raffiniertes Make up, ein Hingucker. Doch Vorsicht, sie ist immer einen Schritt voraus, sie weiß was sie will.

## Tiefgefroren

Celin hat Stress, einen echten Durchhänger. Das letzte Ding, der Großbrand in dem Großmarkt an der Beusselstraße war ein absoluter Flopp, das musste sie sich selber eingestehen. Ihr Chef Dirk Herrhausen gibt ihr eine zweite Chance. „Mädel lern daraus, sonst bist du weg vom Fenster!", das tut verdammt weh. Es ist noch gar nicht so lange her, da war sie die Nr. 2, gleich hinter der aufgetakelten Nymphomanin Carol B., mit ihren großen Siliconbrüsten und aufgespritzten Lippen.

Die mehr Zeit unter den Schreibtischen verbrachte als darüber. Die devote Sekretärin von Dirk H. psychisch labil- lebte leidenschaftlich ihre masochistischen Neigungen bei ihm aus.

In der Yellowpress musst du immer der Erste sein, an jeder Ecke lauert die Konkurrenz.

Seit drei Jahren arbeitet sie nun schon für den ‚Bild-Express'. Am Anfang mit Pitt, dem Fotografen. Das war oft sehr umständlich. Ehe sie zusammen am Ort des Geschehens erschienen, hatten andere schon längst ihre Meldung an die Redaktion durchgegeben. Pitt ist ein absoluter Frauenschwarm, dabei abgebrüht und rücksichtslos.

Ein halbes Jahr teilte sie mit ihm Bett und Küche. Dann fing das mit den Drogen an. Pitt war oft in den entscheidenden Momenten total zugedröhnt. Manche Story ging so durch die Lappen und das Geld wurde knapp. Dirk H. stauchte sie eines Tages derart zusammen, dass sie heulend aus dem Büro flüchtete.

Das war das Aus mit Pitt, sie schnappte sich ihren Krimskrams und zog zu einer Freundin in die Bülowstraße. Bettsy jobbt dort in einem Coffee-Shop

Ecke Potsdamerstraße als Bedienung. Sie hat ein großes Herz und ist verdammt naiv, was die Sprüche der Männer angeht. Lässt sich betatschen, wird befummelt und wartet auf die große Liebe. Celin ist auf dem Weg zu Bettsy in den Coffee-Shop. Das heiße Getränk tut gut und produziert eine Messerspitze Glückshormone. Bettsy nimmt sie plötzlich beiseite: „Ich habe zu ihm gesagt du wirst dir seine Story anhören, bitte Celin, ich habe es ihm verspochen, er nervt mich schon den ganzen Tag". Er will nicht eher gehen bevor er dich gesprochen hat!" Celin geht zu dem Mann am Fenster.

Sie schaut in kleine, dunkle, wache Augen eines Vollbartträgers. Celin schätzt ihn auf ca. 50 Jahre. Die dunklen Haare hat er zu einem Zopf gebunden.

Er stellt sich vor, heißt Sigurd und redet ohne Unterbrechung auf Celin ein. Celin soll ihm bitte helfen, Bettsy hat ihm erzählt, das sie als Journalistin für den Bild-Express arbeitet. Celin wittert eine große Story, ihr Gefühl hat sie bisher nie im Stich gelassen.

Am nächsten Morgen sitzt Celin im Archiv des Bild-Express und scrollt durch Dateien. Mittags schlingt sie schnell einen Hamburger und Cola hinunter. Der nächste

Tag verläuft nach dem gleichen Schema. Dateien abgrasen, Hamburger und Cola, bis zum späten Abend. Sie ist die Einzige im Raum. Plötzlich tippt ihr jemand auf die Schulter. Ihr Chef Dick H. grinst über beide Ohren. „Musst ja ganz was Heißes an der Angel haben, Celin?" Celin hütet ihr Geheimnis. Dann glaubt sie es gefunden zu haben. Sie lässt sich die ‚Bild-Express' Ausgabe bestimmter Jahrgänge geben.

Am Abend trifft sie sich mit Sigurd in einer kleinen Kneipe in der Hochkirchstraße. Sie hat akribisch recherchiert, sagt sie zu ihm aber keine seriösen Artikel oder Anbieter gefunden. Sigurd verweist auf das Angebot eines ‚Magiers' aus dem Reich der Mitte. Celin ist skeptisch. Sigurd will es dennoch versuchen.

Drei Wochen später trifft sich Celin wieder mit Sigurd. Der Magier war auf Kosten von Sigurd nach Berlin gekommen. Auf dem Areal des Klosters ‚Zum Apostel Paulus' nördlich von Berlin sind mehrere Kliniken entstanden. Dort hatte sich Celin mit Sigurd getroffen. Der Guru hatte dort seine Arbeit aufgenommen.

Celin ist wieder im Büro und sucht nach neuen Themen und Aufträgen. Ihr Chef Dirk H. bohrt womit sie sich die letzte Zeit so intensiv beschäftigt hat. „ Das willst du wirklich nicht wissen, antwortet Celin". Dirk H. lässt nicht locker. „Okay, sagt Celin, so absurd, so makaber die Geschichte auch klingen mag, es ist die nackte Wahrheit. Ein reicher Schnösel stirbt mit dreißig Jahren. Lässt sich schockgefrieren und in ein Tiefkühlfach legen.

Er hat so viel Geld hinterlassen das eine Stiftung davon gut leben kann und dafür sorgt, dass er wohlbehütet dort in der Kühltruhe liegen kann, bis die Wissenschaft soweit ist, ihn wieder in das irdische Leben zurück zu holen.

Sein damaliger Lebenspartner Sigurd hatte einen ‚Kryonik-Experten' aus dem Reich der Mitte ausfindig gemacht, der behauptete, er kann diesen Menschen wieder in das Leben zurückholen und Weltweit sollen es schon über 250 Menschen geben die sich kryonisieren lassen."

Der ‚Kryonik-Experte' wurde eingeflogen und zur Kühlbox gebracht. Der Eingefrorene hatte damals seinen Lieblingshund mit einfrieren lassen. Zum Glück versuchte sich der ‚Experte'' erst einmal mit dem Auftauen und Erwecken des Hundes.

Der aufgetaute Hund sagte keinen Ton und wurde wieder gefrostet.

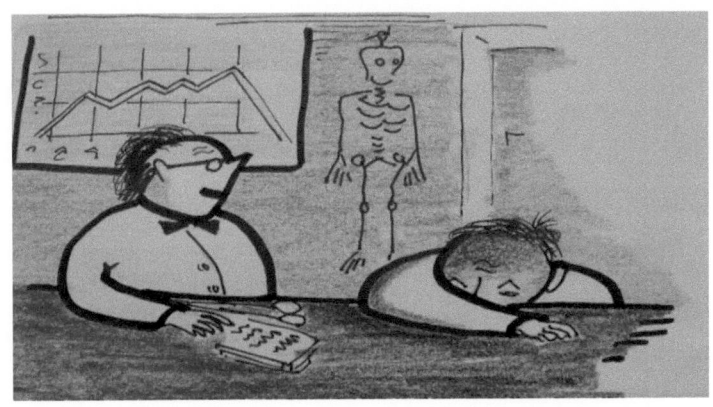

Das heißt der Vorgang wurde aufwendig neu gestartet und wieder kamen Frostschutzmitteln zum Einsatz.

Der Körper wurde auf minus 80 Celsius C herunter gekühlt. Dann mit Stickstoff auf minus 130 Celsius.

Das ist dann der Stand-by-Modus bis zur Auferstehung.

„Diese makabre Story kann man doch keinem Leser zumuten, sagt Celin". „Recht hast du, Celin fahr mal zum ‚Görlitzer Park. Nimm aber das Fahrrad und schreibe eine interessante Story über die Dealer dort, sagt Dirk H. und dreht ab. Das ist eher was für unsere Leser."

Celin stellt ihr Fahrrad ab und setzt sich auf die Parkbank zu Niven. Über die Dealer aus dem Görli-Park hat Celin vor einem Jahr eine viel beachtete Story geschrieben.

Seitdem kennt sie Niven. „Scheißweiber" und wie das so ist als kleiner Dealer, prustet Niven Celin an. Er hat gerade erfahren, dass seine Freundin ihn mit seinem besten Freund betrügt.

Celin hört schon nicht mehr hin, sie kennt diese ewig gleichen Sprüche. Sie rauchen noch einen Joint zusammen. Dann geht Niven, um sich seiner Kundschaft zu widmen. Celin schließt ihre Augen und zieht Bilanz.

Das ist doch nicht das, was ich einmal wollte. So kann es nicht weiter gehen. Ihre Gedanken kreisen um den Guru und die verkorkste Nummer mit dem Auftauen aus dem Tiefschlaf. Sie kramt in ihrer Jackentasche und findet den zerknüllten Zettel mit seiner Telefonnummer. Sie tippt die Nummer ein, keine Verbindung kommt zustande. Celin versucht es immer wieder und hat endlich Erfolg.

Der Guru hält Wort. Celin kann zu ihm in die Schweiz kommen. In vier Tagen wird er eine sehr wichtige Person aus dem Kälte-Tiefschlaf in das Leben zurückholen. Es wird dieses Mal gelingen, verspricht der Guru. Celin bekommt die Exklusivrechte für die Veröffentlichung. Celin ist wieder auf Wolke sieben. Das wird endlich die ganz heiße Story.

Zwei Wochen sind vergangen, Celin hockt wieder auf der Bank im Görli-Park und raucht mit Niven einen Joint. Wunden lecken ist angesagt. Die Welt ist noch nicht so weit, um tiefgefrorene Menschen aus dem ‚Winterschlaf' zu holen

## Alles nach Plan

Der nachhaltigste Höhepunkt in seinem bisherigen Leben war die uneheliche Zeugung seines Sohnes Klaus-Dieter. Das Produkt einer kurzen, akrobatischen Leistung im diffusen, zugigen Toilettenzugang im Club „Almaria" am Ostbahnhof . Die Protagonisten des One-Night Stands, kamen sich nie mehr so nahe. In Svens Gedächtnis gab es keinen Speicherplatz für dieses obskure Spektakel.
Sein 20.Geburtstag wurde ein Glückstag. Die Beförderung zum Oberstaplerfahrer und Schichtleiter im Logistikcentrum Ludwigslust, sowie ein behördliches Schreiben, das ihm zur Vaterschaft gratulierte, trafen mitten ins Herz. Sven eilte zur Klinik, die One-Night Stand-Aktivisten sahen sich zum ersten Mal in der brutalen Härte des Tageslichtes.

Die beiderseitige Enttäuschung war herzlich ehrlich.

Die geschulten Profis von der Kliniksozialstation gaben Starthilfe. Sie schlugen einvernehmliches aus dem Weg gehen bis auf die Geburtstagsgeschenkeübergabe an seinen Sohn Klaus- Dieter vor. Die „Solidarbeitragsabbuchung", laut Unterhaltsliste für seine Vaterrolle, wurde zum Programm. Sven vergeudete weitere18 Lebensjahre, blieb unbeweibt, malte Kreuze in Schichtlisten und stapelte Waren in Hochregale.

Eines Nachts, Sven alleine und stapelte hoch, zu hoch und zu viel. Sein Schutzengel hatte einen Black-out. Sven lag zugestapelt unter seiner Stapelmasse begraben. Das Drehbuch des Lebens setzte noch einen drauf, sein Handy war auf der Ladestation im Büro. Der Hubert mit dem Schnüffelhund, ein Senior vom Objektwachschutz, zerrte Sven morgens um Dreiuhrdreißig aus der Stapelmasse.

Sven hatte Glück. Sein linker Fuß wurde in Gips verpackt, sein Gesicht zierte ein dickes Hämatom. Sven hatte jetzt viel Zeit, schlug als Fenstergaffer die häusliche Langeweile tot. Der Winterblues hielt Einzug, hatte die Melancholie im Gepäck. Sein Schutzengel wollte es wieder gut machen, schickte Signale auf sein limbisches

System, die Schaltstelle zwischen Hirnstamm und Großhirn. Sven wollte sein Leben total ändern, er wusste auch schon wie. Zwei dicke Stadtbüchereibücher vermittelten hochgradiges Wissen über die „Nonverbale Kommunikation".

Er las den Report über die Frau das unbekannte Wesen. Bespickt mit diesem hochgradigen Wissen, ging es in die nächste Phase. Bevor er am Morgen die Brötchen aus der Bäckerei neben dem Kaufhaus holte, humpelte er durch die Duftwasser-Herrenabteilung. Sprühte reichlich eine Wolke aus dem Proben-Flakon auf das Chemisette, dann ging er zu der Backstube seines Vertrauens. Oft gelang es ihm, von Rosi bedient zu werden. Rosi ist eine vollschlanke, brünette Brillenträgerin, auf seiner Ranking-Liste ganz oben.

Dann zählte er aufwendig lange das Kleingeld passend, dadurch war er ihr länger nah und sie konnte sein teures Odeur genießen. Frauen mögen intelligente Männer, ergo hat er sich in anspruchsvoller Literatur umgesehen und einiges auswendig gelernt. Was er dann auch zum Besten gab. Ein Fauxpas: „Mors certa, hora incerta!" Der Tod ist gewiss, die Stunde ungewiss, sagte er einmal zu Rosi, die hinter dem Tresen strauchelte. Dabei zauberte er sein einstudiertes Charmeurlachen in den Raum.

Sven mutierte zum Fettnäpfchen-Treter. Seine Arbeitskollegen rätselten, waren dass Folgeschäden des Staplerunfalles, oder Vorboten der Midlife- Crisis. Das Musical „Dirty Dancing", lief im Fernsehen, das blieb nicht ohne Folgen.

Der Gips war Schnee von gestern, die Anmeldung in der Tanzschule spontan. Ein Exot, ein Fossil unter den-Jeans Trägern in Turnschuhen. Er biss sich durch und auf die Lippen. Seine dralle Tanzmaus bohrte zum fünften Mal ihre Absätze von den Spitzschnabelschuhen, in sein dünnes Lackschuhoberleder. Ihm Entfeuchte ein fünfmaliges schmerzhaftes „Merde". Drei Abende a` zwei Stunden hatte er durchgehalten, dann gab er entnervt auf. Über das Internet hatte er sich nun drei CD's schicken lassen. ‚Wie erobere ich die Frauen, die Flirtschule mit Erfolgsgarantie'. Vor dem großen Spiegel übte er den perfekten aufrechten Gang. Übte gepflegte Konversation bei Tisch und zog Grimassen bei Sprachübungen auf hohem Niveau. Praktische Übungen sollten den theoretischen Stoff verinnerlichen.

Sven schlenderte über den Hauptbahnhof.

Die Zufallsbegegnungen als besondere Herausforderung. Drei Stunden ohne Erfolgserlebnis Bahnsteige abgrasen, brachten Frust und Schmerzen im Rücken. Sein aufgesetztes Zauberlächeln war in hängenden Mundwinkeln erfroren. Neu im Fokus, die Befriedung der profaner Bedürfnisse.

Die hiesige Gastronomie wurde von wilden, hungrigen Heerscharen überrannt. ‚Sven im „Survivals" der Fast-Food fassenden Meute. Ein Kaffeepappbecher, ein Eckplatz allein und entspanntes Rückendehnen sein Ziel.

Ohne Vorwarnung, zwei kleine Hände patschten auf die Tischkante. Blitzschnelle territoriale Inbesitznahme des Stuhls zu seiner Rechten. Ehe er es raffte, ein zweiter Kaffeepappbecher und eine Schale Pommes Frites belebten das Tisch-Ambiente. Zögerliche Konversation im zeitnahen Duktus mit der Mutter die Rosi hieß. Nina hatte heute Geburtstag, war jetzt fünf Jahre jung und sprach mit vollem Mund, ohne Pausen und ließ keinen Blick von Sven. Nach fünf Minuten kannte Sven ihre Lebensgeschichte. Sie müssen wieder weiter ziehen, Nina reichte Sven zum Abschied die Hand. Lächelte, ein letztes Winken.

Svens Kaffeebecher war leer, beim Aufstehen sah er sie liegen, Ninas kleine Umhängetasche. Jetzt hatte er ein Problem, grübelte, verwischte seine Ideen. Der Innendeckel zeigte einen Namen und ein Zuhause. Er kannte sich aus, ein Fußmarsch in klarer Luft führte zu Ninas Haus.

Er kannte ihren Namen, doch sein Wegweiser war der Kindergeburtstagslärm aus der dritten Etage. Er kam als Bote, blieb als Gast. Beim Topfschlagen verrutschte seine Pappnase, achtstimmiges Kinderlachen war sein Applaus. Es war schon spät, er half beim Aufräumen. Sagte Nina am Bett gute Nacht, versprach ihr wieder zu kommen. In der Küche trank er mit Ninas Mutter noch ein Glas Wein. Ninas Mutter erzählte aus ihrem Leben. Nina hat ihren Vater nie kennen gelernt. Als er hörte sie sei schwanger, war er für immer untergetaucht.

Es ist schon sehr spät, als Sven das Haus verlässt. Er will wiederkommen, das hat er Nina versprochen. Dann will er ein wenig aus seinem Leben erzählen und Rosi ganz tief in die schönen Augen schauen und sie ganz fest in die

Arme nehmen. Er kennt noch eine Rosi, das ist aber eine andere Geschichte. Und das mit den drei CDs ist auch so eine Geschichte für sich.

## Günter ohne H

Der Tag war stressig und erfolgreich zugleich. Ein Bier in der Hotelbar der richtige ‚Absacker' zu dieser Stunde. Am Tresen auf dem hohen Hocker bin ich nicht allein. Er gehört auch zur reisenden Zunft, kommunikatives Fachsimpeln die Folge. Ich nenne meinen Namen, der Mops outet sich als Günter, ohne H. Doch schnell sind wir bei den interessanten Gesprächen, es sind nicht immer die blonden Frauen, die am meisten Freude bereiten, darin sind wir uns schnell einig. Auch wo es angeblich die Schönsten gibt. Nun trinken wir beide den ‚Roten Spätburgunder', vorausschauend, davon hat die Wirtin genug im Keller.

Wir halten durch, die Wirtin stellt schon die Stühle hoch, es lässt sich nicht verhindern, ab auf die Zimmer. Das Mopsgesicht stochert noch eine Weile an seiner Tür, mir ergeht es ebenso dann findet auch mein Zimmerschlüssel sein passendes Zuhause. Als ich wieder mein Bett vorbeisausen sehe, lasse ich mich hinein fallen. Ich muss noch an meinem Timing feilen, das Bett ist schneller. Alle guten Dinge sind Drei, beim dritten Anlauf bin ich drin und schlafe sofort ein. Ich werde wach, es ist stockdunkel im Zimmer.

Mein Kopf ein einziges Chaos, mühsam sortiere ich meine Gedanken. Diese absolute Dunkelheit, macht mir plötzlich Angst. Mein schwerer Atem, das einzige Geräusch. Mein Gedankenpuzzle nimmt Konturen an. Der Wein war wohl doch nicht so gut, warum brummt mir so der Schädel.

Wie spät mag es sein, warum bin ich wach geworden. Es ist ja nur eine Nacht, morgen muss ich weiter, versuche ich mich zu beruhigen. Die Gedankenspirale rotiert weiter, denkt nicht an Schlaf. Ich sehe die Zeit als Sanduhr dahin rinnen, kann den Schlaf nicht zwingen. Genau in dieser Phase des Transzendierens, zwischen Wachen und Schlafen, bohrt sich messerscharf ein Geräusch in meinen Gehörgang, windet sich tief ins Zentrum.

Die Sensoren registrieren, alarmieren instinktive Wachsamkeit. Da höre ich es wieder, dieses seltsame Geräusch. Ich martere mein Gehirn, was ist das, wo kommt es her. Ich spüre, wie die Angst langsam den Rücken hoch kriecht. Instinktiv ziehe ich die Bettdecke höher. Mein Herz rast, mein Atem wird schneller und heftiger. Ich halte die Luft an, lausche, konzentriere mich auf das Geräusch. Es erscheint mir lauter, näher. Ich kann es nicht einordnen, das macht mir Angst. Ich rede mir Mut zu, will analytisch meine Gedanken ordnen.

Ist da jemand im Zimmer, soll ich Licht machen, habe ich die Zimmertür abgeschlossen, wie soll ich mich verhalten. Diese Ungewissheit, habe ich die Zimmertür abgeschlossen, treibt mir die Schweißperlen auf die Stirn. Meine Phantasie schlägt Purzelbäume, da ist einer im Zimmer, das spüre ich. Kein Licht anschalten, den unbekannten Eindringling in Sicherheit wiegen. Meine Hand tastet sich in Richtung Nachttisch, greift ins Leere. Da ist es wieder, dieses unheimliche Geräusch.

Vorsichtig tastet sich meine Hand erneut durch die Dunkelheit zum Nachttisch. Ich suche meine Brieftasche, finde sie nicht. Also, die hat er schon, schießt es mir durch den Kopf.

Wenn ich bloß nicht so ein Feigling wäre, Licht anschalten aus dem Bett springen den Dieb packen und ab zur Polizei.

Vielleicht ist das ein langgesuchter Hoteldieb und eine Belohnung ist fällig. Geld macht gierig und ist der größte Motivator.

In diesem Fall auch Sieger über meine Feigheit und den Verlust meiner Brieftasche. Ich taste zitternd nach dem Lichtschalter, bin geblendet. Öffne ganz vorsichtig meine Augen einen Spalt breit und starre zur Tür. Nicht auf den ersten Blick, aber dann erkenne ich das Ungeheuerliche. Die Zimmertür ist nur angelehnt, schlägt hin und wieder an. Vielleicht hat der Dieb sich im Badezimmer neben der Tür versteckt.

Wieder dieses Zögern, dann raffe ich mich auf, nehme die leere Weinflasche vom Tisch und torkele zur Badezimmertür. Ist es die Angst oder Taktik, mit einem urigen Schrei springe ich auf die Tür zu, reiße sie auf und schalte das Licht im Badezimmer an. Nach zwei Sekunden habe ich mich gefasst. Ich versuche im grellen Licht etwas zu erkennen.

Es dauert eine Ewigkeit bis ich klar sehen kann. Kein Einbrecher zu sehen. Ich kontrolliere mein Jackett, es fehlt nichts. Ich will gerade die Zimmertür schließen, da wird diese ganz langsam geöffnet. „Ich habe einen fürchterlichen Schrei gehört, ist was passiert?". In der Tür steht die Wirtin. Ich brumme erschrocken nur schlecht geträumt. Die Wirtin nickt vielsagend, ich schließe die Tür und denke, lag wohl doch am Wein.

Den Rest der Nacht schlafe ich in wohliger Ruhe. Der Morgen hat eine Überraschung parat, dass mein Kopf fürchterlich brummt, damit habe ich schon gerechnet. Im Frühstücksraum wuselt aber die Polizei mit dem hektischen Hotelvolk hin und her.

„Ein Hoteldieb hat in der Nacht mehrere Zimmer aufgesucht. Die Polizei erstellt gerade eine Liste der gestohlenen Geld und Wertsachen, sagt das Mopsgesicht."
Der Günter ohne H sitzt kreidebleich am Tresen schluckt Aspirin und Selterswasser. Seine Stummelarme haken Holz, so will er seinem Nachgespenst die Hände abhaken. „So wie mit den Dieben im Mittelalter umgegangen wurde". „Der war auch in meinem Zimmer, der hätte mich umbringen können, sage ich zu Günter ohne H".

Wir beide sind uns einig, wer noch nie diese Erfahrung gemacht, kann nicht nachempfinden, was es bedeutet, feststellen zu müssen, dass nachts ein Fremder im Zimmer war. Oder Einbrecher die Wohnung durchwühlt haben. Es gibt Menschen die traumatisiert sind und therapiert werden müssen. Den Günter ohne H habe ich dann später in Berlin wiedergetroffen. Berlin boomt, auf den Messen findet regelmäßig ein ‚Event' statt. Es war ein Heimspiel meines Arbeitgebers.

After-Show-Party, Zufall oder Bestimmung, ich habe ihn sofort wieder erkannt. Am Tresen hängt eine traurige Gestalt: mein Günter ohne H. Er stiert mit glasigen Augen in sein halbleeres Bierglas. Ich ziehe ihn erst einmal aus der Schusslinie, so voll ist er. Eine Begegnung der besonderen Art, völlig aufgelöst erzählt er. „Ich weiß, ich bin nicht gerade ein Frauentyp. Aber welcher Mann, bei dem noch die Säfte im Frühling steigen sagt nein, wenn da eine Traumfrau ihre Reize zeigt". Er braucht erst einmal ein frisches Bier, dann erzählt er.

„Nicht weit von der Geschäftsstelle meines Arbeitgebers, am Prenzlauer Berg.

Ein Straßen-Café mit lauschigem Biergarten im Hinterhof. Es war kein menschliches Wesen, das da auf mich zukam. Ein Engel schwebte herab zu mir, säuselt Günter ohne H. Doch dann entpuppte sich dieses Wesen als ‚Schwarze Witwe'. Dabei rollt er gefährlich mit den Augen.

„Ich frage nach, warum, Schwarze Witwe'? Dieses kleine schwarze Krabbeltier, ist eine von Luzifer gezeugte ‚Sadomasochismus- Spezialistin, ein Folterknecht auf acht Beinen. Brutalste Spinnweben-flechterin, lockt mit der Liebe, bringt den Tod. Als Lustgewinn nicht aus Not, nehme ich an. Die Liebhaber hängen kopfüber, akkurat eingesponnen auf ihrer Trophäenleiter. Für alle sichtbar, eine perverse Erniedrigung der gemarterten Opfer.

Blind in ihrem Liebeswahn, klettern wieder neue Opfer über die ausgelegten Fallstricke, ins Liebesnest der Fallenstellerin. „Und was hat das mit dir zu tun, frage ich?" „Mutiert ist sie jetzt auf zwei Beinen unterwegs, sie will in die Erste Liga. Sie heißt Judith, ist Fallenstellerin von Anbeginn. Luzifers neuestes Spielzeug seiner perversen Gelüste. Sie ist das perfekte Pendant zur Latrodectus lugubris.

Der Inbegriff der vollkommenen Weiblichkeit, mit allen Attributen der Verführungskünste ausgestattet. Blondes mittellanges Haar, zu einem Pferdeschwanz gebunden. Im reifen Frauenalter, raffiniert gekleidet, ein Hingucker allemal. Sie ist nicht für die Schmeißfliegen der Gosse unterwegs, die gutsituierte Mittelklasse ist ihr Klientel. Sie wählt ihr Opfer, nicht umgekehrt. Mit unsichtbaren Tentakeln umgarnt sie ihre Beute. Mit Vorliebe wählt sie verheiratete Männer, das steigert den Reiz der Folter, des perversen Spiels. Diese Judith hatte mir erzählt: Er war verheiratet, mittlere Laufbahn im Polizeidienst. Ständig wechselnder Dienstplan und oft Nachtdienst. Geschickt zog sie die Fäden, es kam zum Eklat. Er musste zu Hause ausziehen, wohnte bei ihr.

Er saß in der Falle, war total überfordert. Sie zog alle Register der Gemeinheiten. Zuckerbrot und Peitsche, sie machte ihn ganz klein, quetschte in aus wie eine Zitrone. Längst eingesponnen, sie bestimmte wie viel Luft ihm noch zum Atmen blieb. ‚Luzifers' Tochter war eine Spitzenkraft ihrer Zunft.

Sie hatte eines Tages genug von ihm, warf ihn auf die Straße, er war am Ende, total ausgeblutet. Sie war gierig auf neue Opfer und sponn ihre Fäden. Jetzt war ich an der Reihe. Ich war geblendet, sie hatte mich nicht losgelassen. Sie hat es mit mir genauso getrieben. Ich, ein kleiner Geschäftsmann auf Reisen, einem kleinen Abenteuer nicht abgeneigt. Ein leichtes Spiel in lauschiger Nacht.

Unbarmherzig zog sie ihre Fäden, zog sie immer enger. Luzifer scharrte bereits mit den Hufen, es wurde Zeit. Langsam schnürte sie meine Luft ab, zeigte ihre Krallen. Lancierte geschickt Gerüchte, weidet sich an meiner Verzweiflung. Sie wollte Geld, bekam was ich hatte, wollte mehr. Ich hatte mich übernommen, war ruiniert. Mein Job war in Gefahr. Nun wollte sie mehr, ich war uninteressant als Sammelobjekt ihrer Gelüste. Gierig hält sie Ausschau nach neuen Opfern, sie war längst die Nummer eins im Kader des ‚Luzifers'. Sie war auf dem Zenit der Macht, das verpflichtet, sie hielt Ausschau nach Beute.

Das übliche Spiel nach gewohnter Manier, schon zappelte eine neuer Fisch im Netz. Ich habe sie neulich gesehen, er hat Familie, das prickelt, verspricht hohen Lustgewinn. Geblendet wie all die anderen, verfiel er ihren Spielen. Ich kenne den Mann, den ich so wie ich dich kennen gelernt habe auf unseren Reisen. Er hing bereits in den klebrigen Fäden gefangen, erkannte ihre Ziele und konnte sich befreien. Judiths Schmach blieb nicht ungesühnt, sie sann nach Rache. Ihr Repertoire war unerschöpflich, eine riesige Auswahl an kleinen und großen Gemeinheiten.

Doch sie hatte sich geirrt, nicht alles war so gelaufen wie sie es sich gedacht hat, ich konnte den Mann warnen. ‚Luzifer' stufte sie jetzt bestimmt zwanzig Stufen tiefer, noch so einen Fauxpas und sie wird auf den Straßenstrich geschickt. Jetzt sitze ich auf meinen Schulden, sagt Günter ohne H, in fünf Jahren habe ichvielleicht mein Konto wieder ausgeglichen. „Na wenigstens deinen Humor hast du nicht verloren, sage ich". „Sarkasmus", verbessert Günter ohne H", „das ist reiner Sarkasmus".
Bis spät in die Nacht reden wir über Gott und die Welt. Wir werden uns nicht einig ob es ihn gibt oder wo er gerade ist.

## Risiken und Nebenwirkungen

Die Koffer stapeln sich bedrohlich in der viel zu kleinen ‚Stapelecke' in der Zugabteilmitte auf der rechten Seite. Koffer und Reisetaschen in den Gängen lassen jedes Hindurchgehen zu einem Hindernislauf werden.
Die Luft riecht abgestanden und die Enge in dem überfüllten Zug produziert solidarische Stressfalten in genervten Gesichtern. Noch sechs Stunden bis zu meinem

Ziel. Dazwischen liegen mindestens vier Kurz-haltpausen die schon eine halbe Stunde vor dem eigentlichen Halt, emsiges Treiben im Abteil hervorrufen. Der Zug hält, Austausch gegen neue Platzsucher. Das alte Spiel, Platzkarteninhaber vertreiben gnadenlos die ‚Fehlsitzenden'.

Meine bisherige Reisebegleitung, eine alte Dame, verabschiedet sich mit einem freundlichen Lächeln. Ich habe einen Fensterplatz mit Platzkarte und Augenblicke später steht eine elegant gekleidete Dame vor dem frei gewordenen Platz neben mir.

Das geschieht reibungslos und ohne Aufruhr. Ihren kleinen ‚Trolley-Koffer' hat sie in der Kofferablage hinter unseren Sitzen abgestellt. Blickkontakt zu meiner neuen Reisebegleitung. Unüblich lange hält diese Frau den Blickkontakt zu mir während sie Platz nimmt.

Mein fotografisches Gedächtnis arbeitet fieberhaft an der Aufbereitung dieses Augenblickes. Ich kenne diese Frau, kann sie aber nicht zuordnen. Kleine Techtelmechtel in meinem Leben hier und da gab es schon. Mein Gedächtnis wird fündig und schickt einen Adrenalins-Schub über mein Nervensystem. Ich bin dieser Frau schon einmal irgendwo begegnet. Intuitiv öffne ich den obersten Kragenknopf. Die Krawatte positioniert sich eigenständig in Schräglage. Nicht meine Art, ich bin eher ein penibler, akkurater Krawattenfetischist.

Die Frau neben mir vermeidet akribisch einen weiteren direkten Blickkontakt.

Unsere beiderseitigen fahrigen Bewegungsabläufe bestimmen nachhaltig eine außergewöhnliche Situation. Ich fordere von meinem Gedächtnis Informationen, will Klarheit, wer ist diese Frau? Woher kenne ich sie, hat sie mich erkannt?

Mein Fragenkatalog nimmt Gestalt an, analytische Spurensuche ist angesagt. Ich bin sicher dass ich sie irgendwo her kenne. Die Frau kramt in ihrer Tasche, entnimmt ein Buch und fängt an zu lesen. Ich schaue aus dem Fenster und versuche sie heimlich im spiegelnden Fenster zu beobachten. Es funktioniert nur, wenn am Fenster Waldbäume als dunkle Tapete vorbeifliegen. Sie beobachtet mich auch, das tut sie sehr geschickt, wie ich es in den kurzen Fenster-Spiegelungen erkennen kann.

Eine ungeheure Spannung baut sich auf. Die nervigen Geräusche im Abteil verkümmern zu tumben Einheits-

Brei. Vielleicht geht es ihr genauso wie mir, sie meint mich zu kennen und überlegt auch, wer ich bin. Oder sie hat mich erkannt und meidet bewusst eine Kontaktaufnahme die ja auch eine unangenehme Konfrontation sein könnte.

Pragmatische Spurensuche bis weit in die Schulzeit zurück. In die Guten wie die schlechten Tage.

Ich schätze ihr Alter auf etwa vierzig Jahre. Sie ist eine elegant gekleidete Person, eine sehr gepflegt Erscheinung. Sporadisch weht ein dezenter Hauch eines edlen Parfümduftes zu mir. Eine Lautsprecherdurchsage kündet nun den rollenden Getränke-Service-Wagen an. Ich wittere eine Chance für ein Gespräch mit dieser Frau. Die Stimme eines Menschen verändert sich nur unwesentlich im Leben.

Der Service-Wagen wird mühsam durch den zugestellten Gang bugsiert. Jetzt kommt der große Augenblick. Der Service-Mann hält an, lächelt und fragt nach unseren Wünschen. Mein unbekanntes, verdächtiges Wesen bleibt wortlos. Sie senkt hastig ihren Blick zurück in ihr Buch. Ich bestelle einen Obstsaft und überlege, wie es nun weitergehen soll.

Aus Kinofilmen kenne ich die plumpen Gags mit dem verschütten von Flüssigkeiten über das Objekt der Begierde. Das erscheint mir zu makaber und nicht für diese Situation geeignet. Mein Gedankenpuzzle spielt eine Erfolgsmeldung in meine Erinnerung. Die letzte Gewissheit soll mir ein Telefonat bringen.

Meinen fast leeren Getränkebecher positioniere ich in die vorgesehene Halterung am Fenster. Ich verlasse meinen Sitzplatz. Dann kämpfe ich mich zum Abteil-Ende durch. Ich suche nach meinem Handy. Die Mailbox meiner Frau meldet sich. Ich lege enttäuscht und wortlos auf. Zurück an meinem Fensterplatz, suche ich nach neuen Strategien. Mein Spionage-Baumteppich am Fenster hat sich in eine weitläufige offene Landschaft verflüchtigt. Bevor ich den letzten Rest meines Fruchtsaftes noch verschütte, trinke ich meinen Obstsaft-Becher leer.

Das Objekt meiner Begierde klappt plötzlich das aufgeschlagene Buch zu. Intuitiv schaue ich sie von der Seite an, so als wäre der große Augenblick gekommen und sie würde mich ansprechen, oder sich von mir ansprechen lassen. Sekundenlang treffen sich unsere Blicke, ich glaube den Ansatz eines Lächelns zu erkennen.

Jetzt kann ich ihr direkt in das Gesicht schauen. Sie hat schöne dunkle Augen, ist dezent geschminkt und hat sinnliche volle Lippen. Sie erinnert mich an meine Englischlehrerin aus der Oberschule. In meiner Fantasie geht sie auch als Verona Poth durch. Zeitlupenartig nähert sich ihr Gesicht dem meinen und verschwimmt im Näherkommen zu einer milchigen Nebelwand. Ich versuche zu sprechen, mein Mund ist blockiert. Die Zunge fühlt sich trocken an wie Sandpapier, meine Hände verweigern sich. Eine unbeschreibliche Leichtigkeit, so als würde ich schweben, erfasst mich.

Meine Augenlider werden schwer und der Kopf fällt nach vorn auf die Brust. Ich spüre eine weiche Hand die meinen Kopf nach hinten drückt und höre eine verzerrte Stimme. Ich verstehe sie aber nicht. Dann wird es still und dunkel um mich herum. Plötzlich, aus dem Nichts heraus baut sich eine große hässliche Figur vor mir auf. Grollend, bevor ich etwas sagen kann eröffnet sie mir. Ich bin der Zerberus, der aufmerksame Wächter der Unterwelt, der Höllenhund aus der griechischen Sage! Nun sei nicht so verwundert, du kennst mich aus dem Schulunterricht.

Warte hier, bewege dich nicht von der Stelle, ich komme dich gleich holen.

Seltsam, bewegungslos bleibe ich stehen. Kein Gefühl der Angst quält mich, diese unwirkliche Situation macht mich eher neugierig auf das was da kommt. Es passiert nichts, ich falle und falle in eine absolute Dunkelheit.

*„ Hallo Peter, hier ist Sylvia, ich bin noch im Zug, kurz vor Frankfurt. Ich habe hier einen ‚Klienten' getroffen. Der hat so komisch geschaut, ich glaube der hat mich wiedererkannt. Bevor es zum Eklat kommt, habe ich ihn ‚medizinisch' versorgt Ich steige vorsichtshalber schon in Frankfurt aus, ich möchte kein Risiko eingehen!"*

Der Zug fährt in den Frankfurter Bahnhof ein, ich werde wach und reibe mir die Augen. Meine Kopfschmerzen sind bestialisch. Mein ganzer Körper fühlt sich hohl an.

Der Platz neben mir ist leer. Ich versuche meine Gedanken zu ordnen, ich hatte einen Blackout, einen Filmriss. Auf der Zunge spüre ich einen leichten bitteren Geschmack. Mir ist speiübel, ich kämpfe mit dem Brechreiz, nur nicht hier und jetzt. Der Zug verlässt nun wieder das Frankfurter-Stadtgebiet. Der Platz neben mir ist immer noch frei. Ich martere meinen Kopf, versuche die letzten Minuten zu begreifen.

Dann wähle ich noch einmal die Telefonnummer von meiner Frau. Ich habe Glück sie nimmt das Gespräch an, ich schildere ihr meine ‚Zug-Geschichte'. „Deine Beschreibung und ihr Verhalten passt genau auf Sylvia. Sie hat dir bestimmt wieder k.o.-Tropfen gegeben. Sie hat dich wieder reingelegt. Dich kann man nicht mehr allein reisen lassen".

„Ich war so nah dran, ich hätte ihr das Handwerk legen können, sage ich" „Hätte, wenn und Aber mein Lieber, du weißt doch wozu Frauen fähig sind!" Ich lasse den Film zehn Jahre rückwärts laufen.

Mein Freund Rolf fuhr damals einen knallroten Ferrari. Er hatte Geld und ich das Glück, ihn als Freund zu haben. Ein lauer Freitagabend, zwei Kerle wie wir im Ferrari steuerten die ‚Sansibar' auf der B 450 Richtung Fritzlar an. In diesem gehobenes Ambiente gab es schöne Frauen und freche Cocktails. Wir Ferrari-Männer waren nicht enttäuscht. Doch dann gab es bei uns beiden einen Filmriss. Als wir unsere Augen wieder Augen öffneten, saßen wir mit dem Rücken angelehnt, an einem großen baufälligen Scheunentor auf dem modrigen Boden. Inmitten eines vermüllten, verlassenen Bauernhofes. Zaghaft schob sich am Horizont ein kleiner leuchtender Silberstreifen über die Baumwipfel. Die Sonne kämpfte sich durch die Wiesen-Nebelschwaden. Wir kamen langsam wieder im richtigen Leben an und machten Inventur. Auto weg, Brieftaschen weg und kein Bargeld in den Taschen, geschweige Scheckkarten. Kein Handy als Navigator oder Hilferufer. Zu Fuß, mit wahnsinnigen Kopfschmerzen und einer Riesenwut im Bauch taperten wir die Landstraße entlang. Später auf dem Revier zeigten sie uns eine Strichliste, wir waren die Nummer Elf und Zwölf in diesem K.o.-Tropfen- Reigen, in diesem Monat in dieser Region. Seinen Ferrari hat Rolf nie wieder gesehen. Am späten Abend wurde ich von meiner Frau am Hauptbahnhof in Berlin abgeholt, ich war sehr froh darüber. Sie hatte auch ‚K.o-Tropfen' für mich, doch mit angenehmeren Nebenwirkungen.

# Jeder Tag zählt

Bushaltestellen sind Treffpunkte der ‚Erdmännchen'.

Ich bin Fußgänger, selten Autofahrer, noch seltener Bus-Mitfahrer. Neben mir stehen etwa zehn „Erdmännchen" bei der Arbeit. Die Wartenden allerorts üben den kollektiven ‚Heran-beamer-Blick'. Demonstrativ verweigern meine Augen diese Blick-Richtung. Ich war schon immer ein Querulant.

Auf der gegenüberliegenden Straßenseite rudert derweil eine Frau mit ihren Armen. Augenblicke später steht sie neben mir. Es ist Inge, zuletzt sahen wir uns vor über 20 Jahren, auf dem letzten Klassentreffen. Inge ist eine Ikone, ihre Aura füllt Räume, Gespräche verstummen, wenn sie den Raum betritt.

Die „Erdmännchen" vergessen ihre Kontrollblicke und haben uns nun im Fokus. Einige Minuten später laufen wir beide mit einem Kaffee-to go-Becher in der Hand in Richtung Park. Sie redet und redet. Ich höre zu und sehe uns in einer Schaufensterscheibe spiegeln. Ich muss lächeln, zwei in die Jahre gekommene Menschen, altersgerecht gekleidet mit einem Kaffeebecher in der

Hand. Sie in einem cremefarbenen Hosenanzug und frechen Pferdeschwanz. Ich in Jeans und Jackett.

„Warum bist du hier, in Berlin in diesem Bezirk?" frage ich. „Drei Straßen weiter ist ein Pflegeheim, da habe vorhin Andre besucht." „Als ich 50 Jahre alt wurde", erzählt Inge, „habe ich Inventur gemacht! Unser Sohn ist schon lange aus dem Haus, mein Mann Herbert ging jeden Tag zur Arbeit und kam oft spät nach Hause. Die Langeweile hielt bei uns Einzug.

Da las ich im Internet eine Anzeige und stellte fest, das könnte was für mich sein. Ich hatte Glück und bekam diesen Job. Vier Tage in der Woche bin ich mit dem Auto unterwegs. Antike Möbel aus Wohnungsauflösungen herauspicken. Oft bleibe ich in kleinen Pensionen oder Motels über Nacht im Ort. Reich bin ich mit dieser Arbeit nicht geworden.

Meine Ehe mit Herbert ertrank schon vor vielen Jahren in dem Einerlei des Alltags. Was war aus unseren Lebensträumen geworden? Wir sprachen nicht darüber, gedacht haben wir es wohl beide, mein Herbert und ich.

Verrückte Ideen hatten wir genug, doch nicht den Mut sie zu wagen. In der Stadt Plön wurde eine Wohnung aufgelöst", erzählte sie weiter. „Der Sohn von der verstorbenen Mutter zeigte mir das Mobiliar. Wir wurden uns schnell einig. Am Abend saßen wir in einem kleinen Restaurant. Da passierte etwas Unglaubliches.

Die Magie des Augenblicks, diese unerklärliche Leichtigkeit. Das gibt es nur im Film, dachte ich.

Dieser Andre' war fünf Jahre älter und machte aus mir einen verliebten Teenager. Mit 48 Jahren auf Wolke sieben.

Er war geschieden, hatte einen Erwachsenen Sohn und lebte allein in der Nähe von Husum. Wir konnten nicht voneinander lassen, sahen uns sooft es ging. Alles war anders, der Sex, das davor das danach. Ich liebte meinen Mann Herbert und liebte auch Andre'. Ich mochte keinen von beiden missen. Herbert wusste nichts von meiner Affäre. So hatte ich zwei Männer und war glücklich.

Vor einem Jahr hatte Andre' einen Schlaganfall. Seine Schwester holte Andre nach Berlin. Vor drei Monaten verunglückte sie und der Andre' kam in ein Pflegeheim drei Straßen weiter.

Ich glaube er erkennt mich nicht mehr, dennoch gehe ich ihn besuchen. Meinem Herbert habe ich die ganze

Geschichte erzählt. Er hat mir verziehen und meint, in unserem Alter zählt jeder Tag, den wir noch miteinander verbringen können. Alles andere ist nicht mehr von Bedeutung.

## Das Leben war nicht immer fair zu mir

Ein achtzeiliger Artikel, ganz unten links, als Lückenfüller zwischen dem Gemischtwaren-Angebot vom Discounter, stoppt meinen Leserblick.
Eine alleinstehende alte Frau, lag zwei Wochen lang tot in ihrer Wohnung eines Mehrfamilienhauses. Vermisst hatte sie keiner, nicht im Leben, auch nicht im Tod. Extremer Geruch im Hausflur ließ eines Tages Schlimmes ahnen. Was das Leben nicht hergab, der Tod forderte Respekt. „Ach ja", sagten die Hausbewohner, „gegrüßt haben wir uns immer, mehr hat sich aber nicht ergeben.

Ein Fingerzeig des Schicksals oder das schlechte Gewissen. Am nächsten Tag kaufe ich Blumen und sitze bei der alten Dame aus unserem Haus am Kaffeetisch. Sie erzählt mir von ihrer Einsamkeit und das sie sich immer eine Familie gewünscht hat. Warum es nicht dazu kam und warum das Andere geschah. Kein Jammern, nur leise Wehmut klingt in ihren Worten.

„Als Kinder haben wir oft aus Jux beliebige Telefonnummern gewählt. Ein Heidenspaß für uns gackernde Hühnerschar. Die Tage, wo ich nicht mehr so gut drauf bin, werden jetzt immer zahlreicher. Eines Tages, mich muss der Teufel geritten haben, wählte ich beliebige Telefonnummern. Mit Jemandem reden, Stimmen hören, mehr wollte ich nicht. Aus anfangs planlosen Geplapper entstand-sporadisch niveauvolle Kommunikation. Das Telefonieren als Flucht aus einer Schattenwelt in die Anonymität der nächsten Schattenwelt. Stimmen zu zugedachten Gesichtern, Beleidigungen als Resonanz für ungebetene Belästigungen.

Ich lernte, die Sprache zu lesen, Offenbarungen, Geisterstimmen mit Namen und irdischen Problemen und eine Menge Seelenschutt. Und erstaunliches Öffnen, aus distanzierter Anonymität, die Geisterstimmen aus der Schattenwelt. Ich habe nie einen dieser Menschen gesehen, mich nicht verabredet oder sie besucht. Mit einigen telefoniere ich fast regelmäßig. Wenn ich das erste

Mal anrufe und es zu einem längeren Gespräch kommt, entwerfe ich mental in meinem Kopf ein Profil. Bei weiteren Kontakten verfestigt sich das Bild. Die Stimme spiegelt die Seele, Barometer der Gefühle. In der Schattenwelt herrscht dichtes Gedränge verkümmerter Seelen.

Einsamkeit, Hoffnungslosigkeit, hilfloses Herumrudern auf der Suche nach einem Ausweg." Sie geht in die Küche und holt eine Büchse Kekse aus dem Schrank. Wir philosophieren über Gott und die Welt. Plötzlich wird sie nachdenklich. Nach einer kleinen Pause erzählt sie: „Bevor ich hier her zog, wohnte ich in einem achtzehnstöckigen Hochhaus in einer Stadtrandsiedlung. Eine schöne Wohnung im 17. Stock, mit einem großen Balkon.

Eines Tages, ich stand im Wohnzimmer und schaute hinaus, sah ich einen Schatten. Ein Mensch schwebte in der Luft, ruderte mit den Armen und Beinen wie ein Kasper. Ein Urknall, ein Klick der Urgewalt.

Die Zeit blieb stehen, der kosmische Himmelsreiter blieb vor meinem Fenster im freien Raum auf der Stelle. Auf halben Weg zwischen dem Göttlichen und dem

Sterblichen, mit einem verzauberten Lächeln. So wie ich ihn von den zufälligen Treffen im Aufzug kannte Er wohnte über mir, die letzte feste Bastion in Richtung Sternenhimmel und Sommerwolken.

Er winkte, ich soll zu ihm hinaus kommen, ich hörte seine sanften Worte durch die geöffnete Balkontür.

Er kennt jetzt das große Geheimnis. Er hat gebucht, wenn ich mutig bin, nimmt er mich mit. Ein Zauberer, ein junger, blondgelockter, lächelnder Verführer. Das traf mich mitten ins Herz, da wo der Schmerz wohnt und am heftigsten tobt. Wie Brandmale auf meiner Seele, in nächtlichen Träumen und Tagträumen. Schon zuckten meine Glieder auf dem Weg zum Verführer. Ein klitzekleines Veto meldete Bedenken. Vor Jahrzehnten am Scheideweg.

Die Zeit des Alterns rächt sich mit Erinnerung. Ich war noch nicht so weit, noch nicht bereit für einen Mann und für die große Reise. Die Angst war damals größer als die Liebe. Er ging ohne mich. Lachte und winkte mir zum Abschied zu. Er brach mir das Herz, für immer. Ich nahm Tabletten und wurde gerettet.

Es war wie ein billiger Groschenroman, als er nach Jahren zurückkam und meine jüngere Schwester zur Frau nahm.

Rache, verlorene Liebe, doppelter Schmerz. Ich hatte auch meine Schwester verloren. Wir haben uns nie wieder im Leben gesehen. Zur Beerdigung unserer Mutter, lauerten wir jeder versteckt vor der anderen, hinter Friedhofsbüschen. Nun dieser Streich, diese lächerliche Posse dieses blondgelockten Jünglings dort am Fenster. Er drängte, mahnte mich, ich soll mich entscheiden. Ich blieb stumm, ich hatte wieder diese Angst. Das wieder die falschen Wörter meinen Mund verlassen.

Die verhakte Zeitmaschine sprang plötzlich an, lautlos, wortlos sauste der blondgelockte Lächler in die Tiefe. Ein Dolchstoß fuhr mitten in mein Herz und raubte mir die Luft, schnürte die Kehle zu. Meine Hände suchten Halt. Die Welt trudelte sich wieder in ihre Bahn. Ich verschloss wie in Trance die Tür zum Balkon. Als aus dem stillen Nichts ein Martinshorn ertönte. Am nächsten Morgen vor dem Haus, lag ein Meer von Blumen. Sie verdeckten die Spuren aus Kreide und Blut. Ich legte meinen kümmerlichen, kleinen Blumenstrauß dazu. Ich konnte nicht mehr in diesem Haus bleiben, seitdem wohne ich hier, in der ersten Etage.

Beim Umzug fiel mir ein kleines Päckchen in die Hände, ich hatte es vergessen.

Irgendwann bei einer dieser Zufallsbegegnungen im Aufzug mit meinem Übermieter, hat er es mir diese Briefe wortlos in die Hand gedrückt. Aus Zufalls-Fahrstuhlbegegnungen wurden okkulte, blicklose 55 Sekunden. Metaphysisch paralysiert zum Okkultismus. Überzeugt von der Zweisamkeit von Seele und Körper, die nicht wechselseitig aufeinander wirken und deren Übereinstimmung gelegentlich von ‚Gott' hergestellt wird. 55 Sekunden komprimierte Telepathie, Zeitreise, Scrolling der Datenbilder in heimischen vier Wänden, mentale Aufarbeitung. Mit jeder dieser Telepathie-Begegnung spulten sich neue Puzzles in meine schlaftrunkene Phantasie. Mosaiksteine aus dem Leben meines Übermieters.

Einige Briefe habe ich gelesen. Sein Vater führte ein patriarchisches Regiment mit kleinbürgerlichen Attitüden. Früh erkannte er das Außergewöhnliche an seinem Sohn. 'Die Götter haben dir diese Aureole verpasst, nicht zum sinnlosen Verprassen. Zeige dich erkenntlich, lebe deine Fantasien aus und gehe auf die Bühne des Lebens.' Die

Menschheit geifert nach Götterboten. Im Second-Life greifen Lustgreise übermütig nach zarten Lustknaben. Die Fliehkraft der Lust trifft auf reale Probanden. Er durchlief das volle Programm. Auf dem Zenit der Schönheit und Macht hatte er Visionen.

Es ging darum, sich selbst zu erfinden, die Seele ist unsterblich, der Teufel besitzt nur deinen Körper. Aus der Hexenküche das Übliche für die ungeduldigen Einsteiger. Drugs für zwei heterosexuelle Hasardeure. Ein guter Liebhaber wurde er nie schrieb er. Dazu liebte er sich selbst viel zu sehr. Eine Liaison mit einem vegetarischen Latino- Lover eskalierte.

Ihm schauderte, als ihm bewusst wurde, dass es einen Zusammenhang zwischen der vegetarischen Lebensweise und dem Drang zum Kannibalismus gibt. Der Absturz kam ohne Vorwarnung, sein Latino-Lover starb an einer Überdosis und extremen Fesselspielen.

Mein Mosaik Scrolling war am Ende, forderte Anschluss. Ich plante zufällige Begegnungen für die 55 Sekunden Fahrstuhl-Telepathie. Visionen und Macht der Drogen waren bei ihm im Widerspruch. Die Götter sind uneins seiner Verwertbarkeit. Luzifer, der kosmische

Staubfänger, Spezialist für gestrauchelte Kreaturen, nimmt ihn gern, wenn es so weit ist. Lehrt ihn Kunststücke als Hofnarr, als Pausenfüller für die Götter in der Götterdämmerung.

Die Mosaiksteine wurden nicht nachgefüttert, schon zweimal kein telepathischer Nachschlag. Dann dieser Ausrutscher der Zeitmaschine, dieser abstruse Abgang des Götterboten am Balkonfenster. Als ich hiereinzog, in diese in Ruhe gelassene Einsamkeit besann ich mich auf das kleine Päckchen. Ich öffnete es und fand weitere 22 Briefe, mit einem blauen Band verknüpft. 22 Briefe für 22 Monate, immer mit der gleichen Anrede: „An meine große Liebe H". Keine Adresse und kein Absender. Briefe einer verzehrenden, unerfüllten Liebe bis in den Tod. Er hat alles versucht und alle verflucht.

Sich mit den überirdischen Schergen auf einen Deal eingelassen, es war zu spät. Er zog gierig an jeden Strohhalm, verkaufte seine Seele. Flehte nach Engeln. Vergebens, der Teufel hat ihn erhört und stand in Warteposition.

Er glaubte an die Reinkarnation, die Philosophie der Wiedergeburt. Der letzte Brief war an mich gerichtet. Die

55 Sekunden Fahrstuhl Telepathie in meine okkulte Welt, auch für ihn die Offenbarung. So wie ich seine Mosaiksteine aneinander reihte, tat er es mit meinen. Wenn es soweit ist, gibt er mir ein Zeichen, er kennt meine Geschichte. Er nimmt mich mit auf die große Reise. Als es soweit war und er mir ein Zeichen gab, hatte ich wieder versagt, so wie vor vielen Jahren.

Das alles ist jetzt fast zwei Jahre her. Gemessen an dem was täglich um uns herum geschieht, ohne dass es bewusst wahr genommen wird, ist mein Schicksal so banal, dass ich mich fast dafür schäme. Wenn ich in meiner Einsamkeit wieder zum Telefon greife und wildfremde Menschen anrufe, nur um wahrgenommen zu werden."

Zwei Tage später. Mein Briefkasten ist mit überquellender Reklamepost gefüllt. Zwischen den Unmengen von Werbung pult sich ein Brief an das Licht. Akkurate, gradlinige Buchstabenanordnung, Einladung. *Heute Abend um 20 Uhr, bitte warm anziehen, Ort, hiesiges Treppenhaus, fünfter .Stock, Mitbringsel ein Sitzkissen. Bitte pünktlich erscheinen!*

Da sitze ich nun auf dem Flachdach an den Schornstein gelehnt. Neben mir die alte Dame aus dem Haus.

Zwischen uns steht ein Korb. Sie bittet mich die Sektflasche zu öffnen.

Wir prosten uns zu. Der Tag verabschiedet sich mit einem herrlichen Sonnenuntergang. Der Mond zieht das Sternenzelt hervor. Schweigend schauen wir über die Dächer der großen Stadt. Wir folgen den blinkenden Lichterpunkten der Flugzeuge, die starten oder zur Landung auf blinkenden Fahrstraßen ansetzen.

„Heute soll es besonders viele Sternschnuppen, Strahlenwerfer geben", sagt die alte Dame. Diese übermütigen, vagabundierenden Sternenkinder, sind Kobolde auf intergalaktischen Reisen, verglühen hilflos in verbotenen Zonen. Nicht heimlich, im Gegenteil, ganz öffentlich für uns Erdenmenschen. Öffentliches Spektakel, jeder legt sich dafür noch einmal so richtig ins Zeug.

Vielleicht ein Versehen übermütiger Sternenreiter auf halbem Weg, zwischen dem Göttlichen und dem Sterblichen.

Die Narren der Erde applaudieren, als wär's nur für sie gemacht. Heimlich denken sie sich zu diesem Brimborium Wünsche aus. „Hier oben auf dem Dach, gehe ich auf Reisen", sagt sie. „Begebe mich auf Zeitreise, bringe mich schon mal in Erinnerung. He, bald komme ich. Ich gehe nicht in Bitternis, aber das Leben war nicht immer fair zu mir."


## Eule und Lerche

„Ich gehe mal runter und hole mir meine Zigaretten aus dem Auto" „Okay", nicke ich aus meinem Sessel heraus und vertiefe mich wieder in mein Buch. Mein Svens poltert die Treppe hinab. Ich weiß nicht genau, wie viel Zeit schon vergangen ist, für einen kurzen Trip zum Auto ist das aber verdammt ungewöhnlich lange.
Ich gehe zum Fenster. Unser Wagen steht gleich um die Ecke, vom Fenster aus aber nicht einsehbar. Menschenleer ist die Straße, ich schaue auf die Uhr, es ist genau 18,35Uhr. Von meinem Sven ist nichts zu sehen.
Merkwürdig, wo mag er sein, denke ich. Plötzlich sehe ich ihn auf der anderen Straßenseite, ziemlich weit weg. Eine blonde hochgewachsene Frau klammert sich an ihn. Einen Arm legt sie nun um den Hals von Sven. Eng umschlungen verschwinden beide aus meinem Blickfeld.

„Das ist ja ein Ding", kommt es leise über meine Lippen. Hat nicht gerade vor einigen Minuten das Telefon geklingelt und Sven hat was von falsch verbunden gestammelt. Meine Alarmglocken läuten sich heiß.

Ich komme nicht mehr von meinem Fensterplatz los, wie angewurzelt stehe ich stocksteif am Fenster und starre in die Richtung, wo die beiden verschwunden sind. In meinem Kopf rasen die Gedanken und überschlagen sich in Alarmmeldungen der schrillsten Weise.

Der Kerl betrügt mich, wie lange geht das wohl schon? Warum ist mir das nicht schon früher aufgefallen? War da nicht gestern schon so ein merkwürdiger Anruf von einer Frau. Sie war wohl sehr enttäuscht, dass ich am Apparat war und nicht Sven. Sven hat auch so komisch sein Gesicht verzogen als ich sagte, „Eine Frau war dran, sie stammelte was von Weingut Melcher, oder so. Entschuldigte sich dann, hätte sich halt verwählt" So fügen sich die Puzzles zusammen, mein lieber Sven.

Ich merke wie ich feuchte Hände bekomme und beschließe, mich in meinen Sessel zu setzen. 22 Jahre sind wir verheiratet, die Tochter ist schon lange aus dem Haus. Wir gehen beide auf die 50 zu und nun das. Ist ja klar, alle

Kerle suchen sich eine jüngere, so ist der Lauf des Lebens. Warum soll es mir anders ergehen. Alle meine Freundinnen haben mich damals vor Sven gewarnt. Mit Euch kann das nicht gut gehen. Du bist ein ‚Lerchen-Typ', stehst morgens sehr früh auf, bist am Abend aber schnell müde.

Sven ist eher ein so ein ‚Eulen-Typ', der steht gern später auf und geht lieber später ins Bett. Das wird mir jetzt so richtig bewusst. Wie haben wir das nur so lange so ausgehalten. Ist das die Ursache für unsere Streits und seine Nörgeleien?

Alles Quatsch, war nicht der Sex am Morgen unser ‚Highlight' für den Tag! Eule und Lerche, wenn da etwas dran sein sollte, warum sind wir dann 22 Jahre verheiratet? War doch nicht alles schlecht! Schon stehe ich wieder am Fenster. Aus der Ferne tönt ein Martinshorn. Von Sven keine Spur. Ich gehe in die Küche und ertappe mich, dass ich nicht mehr weiß, wo sich die Teebeutel befinden. Schranktür auf, Schranktür zu.

Plötzlich schließt es an der Tür. Sven poltert durch die Tür. Sekundenlang treffen sich unsere Blicke.

Wortlos streift Sven seine Jacke ab. „Verdammt, schon wieder bin ich in einen Hundehaufen getreten, diese verdammte Schweinerei" flucht er lautstark und verschwindet im Badezimmer.

Ich weiß nicht was ich sagen soll. Und für Sven ist ein Hundehaufen ein übles Problem! Ich ertappe ihn, wie er mich betrügt und er hat ein Problem mit einem Hundeschiss an seinen Schuhen! Ich merke, wie ich hysterisch kichere.

Sven kommt fluchend aus dem Bad. „Das Zeug ist so verdammt ekelig, dass man Pickel davon bekommen kann. Das dauert, bis man den Geruch aus der Wohnung bekommt". Ohne mich eines Blickes zu würdigen läuft Sven an mir vorbei und öffnet das Wohnzimmerfenster.

Da platzt es aus mir heraus:" Was ist das für eine Frau, die dich so herzlich umarmt hat? wie lange geht das schon?"

„ Ach ja, das wollte ich dir gerade erzählen", prustet Sven los. „ Ich höre", sage ich mit leicht vibrierendem Unterton.

„ Stell dir vor, auf dem Weg zum Auto sehe ich, wie auf der anderen Straßenseite eine Frau schwankend die Straße überquert und dann mitten auf der Straße zusammenbricht. Ich bin hingerannt und habe sie zum Bürgersteig geführt.

Erst dachte ich, sie sei betrunken, doch sie erklärte mir, das ihr plötzlich sehr schwindlig geworden ist. Ich habe sie zu unserem Griechen an der Ecke gebracht. Dort haben wir dann einen Krankenwagen gerufen.

Verdammt jetzt habe ich nicht mehr an meine Zigaretten im Auto gedacht, ich muss noch mal runter". Plötzlich macht es rums, Svens Arm legt sich auf meinen Bauch. Nun bin ich hellwach. Was war das bloß für ein seltsamer Traum. Na gut, wenn ich eine Lerche bin dann will ich den Tag auch fröhlich beginnen. Komm unter meine Decke und zeige deiner Lerche was ein ‚Eulerich' so alles kann.

Was meinst Du Sven, wir könnten doch mal wieder zu unserem Griechen an der Ecke gehen"

## Auszeit

Sabrina hetzt die Treppen hinab. Sie bekommt ihr Zeitmanagement nicht in den Griff. Das hat ihr Holgar oft sehr übellaunig an den Kopf geworfen. Wie oft hat sie Holgers Geduld durch Zeitvertändeln auf die Probe gestellt. Es hat ihr auch immer irgendwie Leid getan, doch eines Tages ist Holgars Geduld am Ende.

Das ist jetzt sechs Monate her. Sabrina stochert fahrig mit dem Schlüssel am Hausbriefkasten herum. „Auch das noch", flucht sie wütend, ein Fingernagel bricht ab. Ihre Laune sackt deutlich in den Keller. Unwirsch fingert sie ein kleines Päckchen aus dem Blechkasten. Ein Blick auf die Uhr krönt die Malaise, der Bus wird ohne sie fahren müssen. Draußen vor dem Haus bestätigt sich ihre Vermutung. An der Haltestelle allein hat sie Zeit das kleine Päckchen genauer zu betrachten.

In Großbuchstaben, nicht zu übersehen
'NICHT VOR DEM 7. DEZEMBER ÖFFNEN'.
Kein Absender das leichte Päckchen. Sie schüttelt und dreht das kleine Päckchen hin und her. In zehn Minuten kommt der nächste Bus, Zeit für eine Gedankenreise. Ungeniert und gedankenverloren knabbert Sabrina die Fingernagelbruchstelle rund. Immer wieder spukt Holgar in ihre Gedanken.

Vor sechs Monaten hatten sie Beide eine Vereinbarung getroffen. „ Sabrina ich glaube wir sollten unsere Beziehung auf den Prüfstand stellen", platzte Holgar völlig überraschend an einem Fernsehabend heraus.

Sabrina dümpelte gerade weinbenebelt zur langweiligen Fernsehberieselung in einer Kissenburg auf der Couch. Es folgte eine Bestandsaufnahme zweier 35-jähriger Singles in der Single-Midlifecrisis. Jeder hat seine eigene Wohnung, das finden sie praktisch. So hat jeder sein eigenes Rückzugsgebiet für die kleinen Freiheiten und problemloses Asyl bei akuten Verstimmungen. „Okay, wir nehmen eine Auszeit", sagte Sabrina und Holgar nickte zufrieden.

Ab sofort Sendepause, jeder Single in seinem Single-Refugium allein. Sinnsuche für den Zustand ‚Auszeit'. Der Bus kommt und zehn Minuten später ist Sabrina in dem Großraumbüro im Büro-Tower und füttert ihren Computer mit Zahlenreihen. Das kleine Päckchen in ihrer Handtasche gibt ihr keine Ruhe. Sabrina nun wieder zu Hause- legt das geheimnisvolle Päckchen auf das Sideboard neben dem Fernseher.

Alleinsein-Stunden produzierten melancholische Stimmungen. Auszeit, Auszeit was für ein Wort, sinniert Sabrina. Die Zeit ausschalten, herausnehmen und aus dem Leben streichen? Für wie lange bleiben wir ausgeschaltet? Wir haben uns kein Limit gesetzt, nicht darüber nachgedacht, wie wir das wieder einschalten. Kann man die Liebe aussetzen, ausschalten?

Wie das Essen von der Herdplatte nehmen und später wieder aufgewärmt servieren? Die Einsamkeit der ersten Wochen sind hart. Kein Anruf, keine SMS, so hatten sie es vereinbart. Single-Leben pur jetzt in der Krise. Früher gab es Freundinnen, Zufallsbekanntschaften als Eintagsfliegen. Nicht immer der Hit, aber es gab keine Langeweile. Sabrina telefoniert sich durch ihr Notizbuch. Eines Abends beißt Darnela an, ein Paradiesvogel und wilder Feger, der immer bereit ist für jede Sünde.

Im Club 24 treffen sich die beiden auf bekanntem Terrain zur Seelenmassage wieder. Darnelas Engelsflügel sind von den Kerlen brutal gekappt worden. „Die wollen alle nur meinen Körper und mein Geld", sagt Darnela mit trauriger Stimme. Nach der zweiten Flasche Schampus fließen Tränen, tröstende Umarmungen sollen stark machen gegen die ungerechte Welt und die verdammten Kerle die sie nur ausbeuten. Jetzt bin ich denen zu alt. Die wollen stramme Busen und knackige Haut."

Zwei Engel schmieden einen Plan. In einer honorigen Klinik schwirrt das Personal wie die Schmeißfliegen um Sabrina und Darnela herum. Eigenfett vom Hintern absaugen und unter die Lippen spritzen, mit Botex kleine Falten eliminieren, die Brust straffen und um eine Körbchengröße erweitern.

Nach einer Woche und einige tausend Euro leichter geht's zum Shoppen und dann auf die Piste. Im Fokus dicke Brieftaschenträger. Darnela begleitet eines Tages eine Männercrew zu einem Segeltörn in die Ägäis. Sabrina wieder allein zu Haus, entsinnt sich des unheimlichen Päckchens.

Der 7. Dez ist lange vorüber, als sie es öffnet. Sie entnimmt einen Lippenstift und einen Brief von Holgar. „Er schreibt: Diesen Lippenstift hätte er zufällig beim Aufräumen gefunden. Sie hatte ihn getragen als sie das erste Mal an einem 7. Dezember. zu ihm in die Wohnung kam und sie miteinander geschlafen haben. Er liebt sie noch immer und empfindet die Auszeit als eine furchtbare Zeit, das Wort Pause wäre brutal. Er hofft dass sie beide wieder zusammen finden, der 7. Dezember. wäre ein schöner Tag dafür".

Auszeit oder Pause, egal wie du es nennst, denkt Sabrina wütend. So als nehme man das Essen vom heißen Ofen und stelle es bei Bedarf wieder auf die heiße Herdplatte. So geht das nicht mein Lieber Holgar, man kann die Liebe nicht wie das Licht An und Aus schalten. Außerdem bin ich nicht mehr die Sabrina, die du kennst, das fängt bei der BH-Größe an und die Lippenstiftfarbe ist auch schon wieder out.

## Rolf on Tour

Die Haustür in dem fünfstöckigen alten Mietshaus in der Drontheimer Straße ist verriegelt. Nachdem sich die Polizei vor langer Zeit des Öfteren gewaltsam Zutritt verschafft hatte, hat die WG es aufgegeben, die Tür zu reparieren. Die Luft ist geschwängert von einem süßen Duft und den Windfahnen asiatischer Wunderkerzen. Zwei kleine Wandlampen, mit roten Plastikschirmen bestückt, weisen den Weg. Ihr diffuses Licht verbreitet Puffatmosphäre.
Die versiffte Tapete atmet Weihrauch und lungengefilterten Restrauch aus. Verdächtige, ungewohnte Stille

hinter halb geöffneten Türen. Gleich neben dem Zimmer von Rolf hat Brama, so nennen sie ihn hier, seine Zelte aufgeschlagen. Brama ist vor einem halben Jahr aus Indien zurückgekehrt. Er hat zwei Jahre in Kamarupa in Assam zugebracht. Sinnsucher aus dem Kreis gutgläubiger Okulisten. Einmal war Rolf auch Helfer auf der Suche nach der odischen und magnetischen Strahlenhülle und weiterer Schwingungshelfer.

In einem Halbkreis saßen fünf Odlichtsucher in absoluter Dunkelheit. Der Indienforscher aus Neuruppin wollte alle auf den Pfad der Erleuchtung führen. Positive Menschen beiderlei Geschlechts senden eigenartige Leuchtphänomene aus. Zunächst bildet sich um die Hände der im Finstern Sitzenden ein grauer Rauch. Bei genügend positiver Energie kann es zum Leuchten führen. An diesem Abend waren alle Anwesenden von sehr geringer positiver Energie, kein Rauch kein Leuchten. Rolf verströmt ein negatives Fluidum, sagte Brama am nächsten Morgen zu Rolf. Rolf wurde nie mehr in den erlauchten Kreis der Strahlensucher eingeladen. Rolf muss nun seine spirituelle Körpererfahrung als Autodidakt in den Griff bekommen.

Am nächsten Morgen.

In der Küche hocken bereits der Brama aus Neuruppin und Sven, genannt das Eichhörnchen. Sven kommt aus gutem Hause, sagt er zumindest.

Bunkert überall zusammengeschnorrte Beute, weiß dann nicht mehr, wer was von ihm bekommen hat und ist ständig auf Achse. Brama hat ihm eine positive Aura bescheinigt. Rolf begrüßt die Küchenhocker mit einem gegrunzten Chakra, Chakra. Brama schlürft Tee aus einem speckigen Becher und rollt missmutig mit den Augen.

Er hat Rolf ein Buch mitgebracht von Rudolf Steiner.

Das soll er sich mal reinziehen, das wird ihm endlich die Augen öffnen. Sven zaubert einen kleinen Beutel aus seinem zerschlissenen Bademantel, schiebt das nicht abgewaschene Restmüllgeschirr und den stinkenden Aschenbecher zur Seite, zeigt theatralisch auf das kleine Paket. Kohle machen mit den Zauberpilzen oder selber darauf abfahren, das ist hier die Frage. Ist momentan der Renner an der Börse.

Auf der Rankingliste fünfzig Punkte gestiegen. „Sprich mal Klartext", moniert Brama. Okay, bisher gingen die Magic Mushrooms legal über die Ladentheke von Coffee-

Shops und Smart-Shops in den Niederlanden. Seit der Verkauf von halluzinogenen Pilzen verboten ist, boomt die Börse. Cannabis dümpelt im Mittelfeld so vor sich hin.

Pause in der Runde, dann brummelt Sven, mein Großvater hat sich den Hallimasch mit irgendeinem Gedöns zusammen, reingezogen.

Wieder Pause in der Runde, wortlos trollen sich Rolf und Brama aus der Küche. Minuten später wieselt Sven durch den Korridor Richtung Außenwelt. Brama ruft ihm nach, er soll wenigstens den Müll mit runter nehmen, zu spät.

Aus einem Zimmer dröhnt plötzlich Technosound. Zwei unrasierte Bademantelträger, in ausgelatschten Badelatschen, schlürfen schlaftrunken zur Küche. Geben sich als Russen aus, schwul bis über beide Ohren. Ihre Namen kann sich keiner merken geschweige aussprechen, die Rest WG hat sie daher A & B getauft. Die einzige BH-Trägerin in dieser WG ist Sonja, sie ist Profikifferin von Anbeginn.

In ihrem Lieblingsnachthemd gesellt sie sich zu den Küchenhockern. Noch nie hat sie einer ohne Joint in der Visage gesehen. Sogar in der Badewanne kann sie nicht darauf verzichten. Sie setzt sich zu den Russen an den großen Tisch. „Na ihr Schwuchteln, habt ihr wieder rumgemacht, ihr Ferkel". Dabei grinst sie beiden voll ins Gesicht.

Die Russen verstehen sie nicht, aber ein Lächeln ist auch international ein Lächeln. Sonja krallt sich einen Pott, schüttet sich Kaffeepulver hinein, wartet bis der Boiler heißes Wasser spukt und schlürft hinaus. „Vergesst die Gummis nicht, ihr Ferkel, ruft sie im gehen

Rolf ist nun wieder allein in der Küche. Er hat Fotos von seinem Sohn gezeigt. Keiner hier kennt ihn oder kann einen Tipp geben, wo er sein könnte. Rolf macht sich wieder auf den Weg zur nächsten WG zwei Querstraßen weiter. Er will solange suchen bis er seinen Sohn gefunden hat.


## Das ist erst der Anfang

Sie sind mittendrin, oder sogar ihrer Zeit weit voraus.
Früher wurden solche Kinder Bastler und Tüftler genannt und mehr oder weniger schräg beäugt. Heute im Digitalzeitalter herrscht Goldgräberstimmung und Start-Up-Unternehmer sind mit 15 Jahren schon auf diesem

Parkett unterwegs. Karsten ist 15 Jahre alt und der kleine Nachkömmling, sein Bruder Benjamin, 8 Jahre alt.

Karsten hat sich als IT-Experte entwickelt und hackt sich im Internet durch das Datennetz. Lange Zeit war ein ferngesteuertes Modell-U-Boot für Karsten das liebste Spielzeug, wenn er überhaupt mal an die frische Luft nach draußen ging. Auf dem kleinen See im Park trafen sich oft die Modellboot-Schiffbauer. Karsten hatte im letzten Sommer Benjamin die Hoheit über sein U-Boot übergeben. Dieses Modell M-SSM nennt sich ‚Seawolf'. Karsten hat es aufgemotzt. Seitdem ist es GPS-tauglich und kann bis zu 25 Minuten unter Wasser bleiben.

Es gab jetzt oft Zoff mit der Senioren-Bastlerfraktion, weil Karsten oft riskante Fahrmanöver ausprobierte. Eine historische Fregatte eines Senioren-Bastlers wurde eines Tages brutal versenkt. Dem Karsten wurden Schläge angedroht. Er entkam der Gewalt nur mit einer Entschuldigung, nannte als Grund technische Störung des Datennetzes. Seitdem übernahm der kleine Benjamin die Kontrolle über den Seawolf. Als Navigator erlebte er das erste Waterloo.

Der Seewolf kam von einer Tauchfahrt nicht zurück. Zeitgleich verschwand eine Dreimastbark wie im Bermuda-Dreieck im trüben Dorfteichgewässer. Hektisches Gewusel der Schiffseigner war angesagt. Schnell wurde ein Verdacht zum lautstarken Geschrei. Benjamin war ohne Karsten am Set, hatte Erklärungsbedarf und wurde von den erbosten Bastlern umzingelt.

Die Technik-Freaks wussten nicht weiter. Benjamin glich die Daten neu ab. Fazit: die GPS-Ortung funktionierte nicht mehr. Zum Glück gab es im Seawolf auch eine sogenannte Black-Box für Notfälle. Es wurde ein stets schwächer werdendes Notsignal empfangen. Keiner wusste, wo sich das U-Boot versteckt hatte. Benjamin stiefelte mutig und total bekleidet in das kalte Dorfteich-Gewässer. Kurzzeitig verschwand sein Kopf von der Oberfläche. Die Gafferschar am Ufer vermehrte sich wie die Lemminge.

Benjamin folgte dem Blackbox-Signal und tauchte wieder unter. Zu lange, meinten besorgte Muttis. Handys wurden gezückt. Eines sendete einen Notruf an die Feuerwehr ab. Plötzlich tauchte, wie das Ungeheuer von Loch Ness, ein

Schiffkörper aus dem aufgewühlten Wasser empor. Die Dreimastbark mit zerfetzten Segeln und Dreifach-Mastbruch. Augenblicke später tauchte Benjamin mit Schlingpflanzen- Deko auf dem Kopf empor. Benjamin wurde als Held gefeiert. Die Feuerwehr kam, prüfte den Sachverhalt wegen der Kostenübernahme und verwies auf das Schild ‚Baden verboten'.

Drei Monate später. Karsten und Benjamin hatten Hunger auf Neues. Das U-Boot auf Tauchfahrten zu Scheinangriffen führen, verlor seinen Reiz, weil die Senioren-Bastler Prügel androhten und verschwand von Spaßliste.

Karsten hat zum Geburtstag eine Drohne bekommen. Benjamin hat endgültig genug von Unterwasserfahrten und begleitet Karsten zum ersten Flugeinsatz.

Die Drohne nennt sich DJP Phantom V und ist das Neueste, was es im Moment auf dem Markt gibt. Sie kann etwa 25 Minuten in der Luft bleiben ist mit GPS und Videokamera ausgestattet. Gleich nach dem Start geht die Phantom im Flüsterton in einen Schwebeflug über und erwartet Flugbefehle von der Einsatz-Zentrale.

Karsten und Benjamin stehen auf einer großen Wiese gegenüber einer langen vierstöckigen Häuserfront. Auch für Karsten ist das der Jungfernflug mit dieser Drohne. Die Steuerung ist schnell gecheckt und die Phantom V schwebt leise in Richtung Häuserfront. Phantastische scharfe Bilder von der Videokamera begeistern die Piloten-Crew. Die Drohne fliegt an der Häuserfront entlang. Vorbei an geöffneten Fenstern. Zurückgezogene Gardinen offenbaren einen ungestörten Blick.

Ein weitgeöffnetes Fenster macht besonders neugierig. Karsten schickt seine Phantom V zum Lauschangriff in dieses Refugium. Ein Schrei, die Videokamera sieht einen fuchtelnden Stock dann wird das Smartphone dunkel. Stille in Bild und Ton. Krisengespräch in der Einsatz-Zentrale. Benjamin wird zum Tatort geschickt, er soll die Drohne bergen.

Er ist noch ein Kind, kann strafrechtlich nicht belangt werden, meint Karsten. Die mutige Seniorin, die den Flugkörper vom Himmel geholt hat, wird es den Eltern melden und dabei belassen, hat sie gedroht. Für Karsten kein Hinderungsgrund, seine Phantom-V- Drohne nicht weiter auf Erkundungsflüge zu schicken. Sein Motto: Aus Fehlern lernt man.

Karsten fährt ab jetzt mehrspurig. Die Drohne ist wieder repariert und wartet auf neue Herausforderungen. Er tüftelt schon tagelang an einem neuen Projekt. Über das Internet hat er sich einen Bausatz für ein elektronisches Code-Türschloss schicken lassen. Seine Eltern hat er täglich solange bearbeitet bis sie grünes Licht gaben.

An einem Mittwoch montiert Karsten außen am Türrahmen der Eingangstür die Box für die Zahleneingaben. Das Öffnen und Verschließen der Wohnungstür wird über den Zahlencode gesteuert. Karsten hat vorrausschauend dafür gesorgt, dass die Anlage weiter ausbaufähig bleibt. Später will er die Eingabe für den biometrischen Finger-Scan und Chipkarten aktivieren. Die Eingabe für den biometrischen Finger-Scan erweist sich als sehr schwierig. Der Zeigefinger muss absolut sauber sein und das ist bei Benjamin nicht immer der Fall. Da stößt Karsten bei Benjamin auf taube Ohren. Wochenlang tüftelt Karsten nun schon an diesem Problem.

Er beschließt erst einmal mehrere Varianten zur Eingabe des Pin-Codes zuzulassen. Der Zugang über die Pin-Eingabe des Zahlencodes funktioniert problemlos. Karsten ist das aber noch nicht sicher genug und er will, sobald die Eingabe über den biometrischen Finger funktioniert, nur noch diese Variante zulassen. Zufall oder Bestimmung, was jetzt kommt kann sich zwar ein Drehbuchschreiber ausdenken doch die Realität kennt eigene Regeln. Karstens Eltern verreisen für zwei Tage zu Verwandten ins Sauerland und nehmen Benjamin mit.
Der ist wenig begeistert und mault schon im Voraus. Karsten hat ein Techtelmechtel mit Ronja aus seiner Klasse zu laufen. Beide sind begeisterte Manga-Fans. Ronja läuft, so oft es geht, als Manja-Abziehbild durch die Szene. Und die ist für sie überall da, wo sie sich gerade aufhält. Ronja hat die Green-Carte für eine Nacht bei Karsten gezogen. Offiziell nächtigt sie bei Lena, ihrer Manga Freundin aus der Club-Szene.
Karsten und Ronja turteln sich heimwärts. Im Hausflur begegnen sie dem Grantler Ehepaar aus der oberen Etage. Karsten deutet ein Gebrummel des Seniors als schlüpfrige Ansage an sein Manga-Girl.

Es ist müßig jedes Detail der Abfolge über das, was jetzt passiert, oder auch nicht, zu beschreiben.

Karsten fingert schon über eine halbe Stunde vergeblich an der elektronischen Code-Eingabebox an der Wohnungstür herum. Die Wohnungstür versperrt beharrlich den Zugang. Ronjas bedingungslose Hochachtung an ihren Hero bröckelt im Minutentakt. Jeder junger Redenschreiber kennt sich aus im Sprach-Duktus der Young Generation, die nun immer heftiger durch den Hausflur schallt. Derart irritiert öffnet der Grantler eine Etage höher seine Wohnungstür und schickt einen derben Fluch nach unten mit der Androhung." Wenn das da unten nicht aufhört rufe ich die Polizei!" Ronja zieht sich den letzten Muntermacher-Tropfen aus ihrer PET-Flasche rein und postet im Face-book.

Ein Newsletter zeigt Karsten beim Finger-Scannen. Karstens Wohlfühlskala hat den absoluten Nullpunkt erreicht und er mobilisiert die letzten Kräfte.

Ein kräftiger Tritt an die sperrige Wohnungstür wird von ihm mit dem zeitgemäßen Allerwelt-Gruß „Fuck You", begleitet, was sich letztendlich auch plötzlich als Türöffner bewährt.

Von oben schallt das Echo des Senioren-Grantler, „Selber Fuck You". Karsten nun endlich mit seinem Manga–Girl allein zu Haus. Aber das ist eine andere Geschichte.

Die Wohnungstür wird ab sofort wieder manuell mit einem simplen Schlüssel betätigt. Karsten testet die elektronische Eingabe in Langzeitstudien an seiner Zimmertür, bis sie absolut sicher ist.

## Memo

Schon nach dem dritten Anruf-Signal sprang der Anrufbeantworter an. Im akzentfreiem Spanisch, Deutsch und Englisch wurde dem Anrufer mitgeteilt, dass Eleonore leider das Gespräch nicht persönlich in Empfang nehmen kann. Der Anrufer hinterließ nur eine kleine wortlose Pause. Sekunden später zeigte die Digitalanzeige des AB eine Acht.

Eleonore lag in einer etwas ungewöhnlichen Körperhaltung auf dem hellen Hochflorteppich. Sie trug einen eleganten roten Hosenanzug aus purer Seide. Ein Rinnsal erkalteten Blutes lief aus einer 9 Millimeter großen Öffnung im Zentrum des Schläfenbereiches über die rechte Gesichtshälfte den Hals hinab und versickerte im Teppich.

Eleonore wurde exakt 29 Jahre, 33 Tage und etwa 6 Stunden alt. Wenn es diese ungewöhnliche Körperhaltung nicht gäbe, könnte der Betrachter auf den ersten Blick vermuten, diese Person schlafe auf dem Boden.

Analog mit der Abnahme des Tageslichtes, das spärlich durch die bunten Gardinen drang, erwachte wie von Zauberhand, ein eindrucksvolles sanftes Farbspektakel mit langen Schatten, das dem Raum ein neues Gesicht gab.

Eleonore gehörte zu den jungen Frauen, die ihren Körper stundenweise vermieteten. Sie hatte sich ein respektables kleines Netzwerk aufgebaut. Sie hatte eine honorige Kundschaft, die für ihr Geld entsprechende Gegenleistungen erwartete und auch bekam.

Eine dicke fette Regenwolkenwand zog über die Häuserdächer. Die zögerliche Dämmerung wich rasant der einbrechenden Dunkelheit. Die wenigen Fußgänger hasteten mit mürrischen Mienen ihren Zielen entgegen. Ein Mann kam mit schnellen Schritten die Straße entlang. Hatte den Mantelkragen hochgeschlagen und ging zielstrebig auf die Hausnummer 34 zu. Augenblicke später verschwand er hinter der großen schweren Eingangstür. Ging in den zweiten Stock und schloss eine Wohnungstür auf, blitzschnell verschwand er dahinter. Dann ging er den langen Korridor entlang trat in das Wohnzimmer, schaltete eine kleine Lampe ein und sah die leblose Frau auf dem Teppich liegen. Stutzte nur kurz, ging zum Telefon und hörte sich die eingegangenen Mitteilungen an. Danach löschte er alle Anrufe, zog seinen Mantel aus und setzte sich in einen Sessel.

Mit unbewegter Miene starrte er auf die leblose Frau. Dann begann der Mann zu schluchzen, Tränen lösten sich und rannen über sein Gesicht. Nach mehreren Minuten hatte er sich wieder einigermaßen gefasst. Er nahm sein Mobiltelefon aus der Seitentasche und telefonierte. Nach einigen Augenblicken klingelte es an der Haustür und wenig später standen zwei Männer in der Wohnung. Sie hörten sich die Schilderungen des Mannes an und führten ihn ab.

„Aus, Klappe", rief eine Frauenstimme. Normalerweise rannten alle nach dem Ende der Aufnahmen wie besessen umher.

Jeder spürte, dass er soeben Zeuge einer großartigen schauspielerischen Leistung wurde. Keiner ahnte, wie aufgewühlt der Mann ein Stück seines Lebens spielte. Die gesamte Crew bekam eine Stunde Pause, in der die nächste Einstellung vorbereitet wurde. Das sollte für heute die letzte Einstellung werden.

Das Verhör begann. Der Mann stimmte der Bandaufzeichnung während seiner Vernehmung für das Protokoll zu und begann mit seiner Aussage." Stopp, aus" brüllte ein Mann und sprang aus dem Regiestuhl hoch. „Ich möchte nur einmal mit Profis arbeiten, einmal mit Profis!" „ Warum nuschelt dieser Kerl nur so, das versteht doch keine Sau!". Das Personal am Set drehte sich ärgerlich ab." Schluss für heute tönte der Aufnahmeleiter." „Morgen früh acht Uhr geht's weiter." Hektisches Gewusel des Aufnahmestabes, Lampen erloschen und Kabelrollen wurden gefüttert.
Zehn Minuten später war es totstill und menschenleer in dem Aufnahmestudio. In einer Ecke auf einer Kiste, umrahmt von einem Pulk Scheinwerferstative saß ein Mann und rauchte. Rauchen ist hier strengsten verboten,

wer sollte sich aber jetzt darüber aufregen. Der Mann war eingerahmt von den Scheinwerfern auf ihren großen Stativen und den seitlichen Lichtweiser-Flügeln. Er blies den Zigarettenrauch stoßweise in die Luft. Der Rauch produzierte ringförmige Gebilde, die sich zwischen den großen Scheinwerfern auflösten. Der Mann holte einen Flachmann aus seiner Jackentasche, trank die halbvolle Flasche in einem Zuge leer.

‚*Ich habe meine Rolle gut gespielt, sie waren alle zufrieden mit mir, das habe ich bemerkt. Dann dieser Absturz, ich hatte nicht mehr die Kraft zum Reden. Das war das Drehbuch meines Lebens. Für die anderen nur profane Zeilen eines Drehbuchschreibers*'.

In seinem Kopf formierten sich die Bilder die ihn Tag und Nacht nicht mehr los ließen. Das ganze Drama begann vor einem halben Jahr und fand ein jähes Ende vor einem Monat. Eine unheimliche Ahnung ließ ihn damals zum Telefon greifen, der AB sprang an. Er sagte nichts und ging, von einer Ahnung getrieben, zu ihr.

Er fand sie halbnackt in ihrem Bett, ein kleines Rinnsal Blutes lief über den Hals hinab und auf das Bettlacken. Genau wie vor einigen Stunden hier in dieser Szene. Er kannte das Drehbuch, meinte er würde mit der Situation fertig werden. Das Drehbuch spiegelte sein wahres Leben. Keiner vom Team ahnte seine Geschichte.

Seine Nadine zeigte ihm den Himmel und die Hölle im ständigen Wechselspiel der Gefühle. Das hat er nicht verkraftet, er kam auf die Verliererstraße und musste hilflos ansehen, wie sie sich verkaufte. Nächtelang stand er hinter Bäumen versteckt vor ihrem Wohnhaus und sah die Männer kommen und gehen.

Morgen wird weitergedreht, die Gerichtsverhandlung und Verurteilung folgen. Er muss sich anstrengen am Set.

Ganz tief im Inneren hofft er auf einen Engel, der ihm beisteht. Nur dieses eine Mal noch.

## Auf Rockefellers Spuren

Stellwände geschickt verschachtelt, bis in Augenhöhe. Drei Containergrünpflanzen, als fragwürdiges Zugeständnis, in dieser modernen, optimal strukturierten Großraum-Büroarbeitswelt.

35 rotlackierte Fingernagelträgerinnen, davon 90 % Zeitarbeitskräfte, verarbeiten in traumhafter Geschwindigkeit Unmengen von Datenmengen. High-tech- Steuerung der Lichtschutzblenden hält das Tageslicht auf Distanz.

Kurze Laufwege, wenn überhaupt, für alle Bedürfnisse. Aus dem Glasscheibenrefugium der Aufsichtsleitstelle, schweifen sporadische Kontrollblicke über die Arbeitswelt.

Miriam kennt alle Laufwege und fast alle Mitarbeiterinnen aus ihrer unbezahlten Praktikumszeit. Nun Datenverarbeitung, Kundenakquise laut Ausbildungsvorgabe. Ihr Fleiß, ihre Aufgewecktheit ist schnell im Fokus der Betreuungs-mannschaft. Zur Belohnung ein Posten im Controlling-Center. Bewusstseinserweiterung auf höchster Stufe.

Das Über-den-Tellerrand gucken weckt Begehrlichkeiten. Vier Jahre in der gleichen Loipe, keine neue Piste in

Aussicht, das weckt Frust. Miriam hat keine Lust, sich in die Warteschlange, zum Horizontallegen, einzureihen. Die Erkenntnis, als abhängige Angestellte, kann man kein großes Geld verdienen, nagt an der Psyche.

Ein windiger Headhunter, ein ‚Glam' aus der Lifestyle-Liga, führt sie aufs Glatteis, sie stolpert und steht auf der Straße. In einem Assessment-Center lernt sie Überlebensstrategien und Jolien kennen. Beide bewerben sich bei einem Facility-Management-Unternehmen. Miriam bekommt den Job, ist wieder in der Loipe, in der Endlosschleife. Ein Funkie, ein Radio-Werbespot verleiht ihr Flügel.

Sie hat einen Plan, ihr eigener Chef sein, ein Konzept und ein Ziel. Sie mietet ein Büro, das Equipment sponsert Daddy. Marketingstrategien ihr heimliches Hobby.

Nach drei Monaten steht ein passables Netzwerk einsatzbereit. Sie nimmt kapitalkräftige Partner mit ins Boot. Das Prinzip ist einfach und hat sich seit Jahrtausenden bewährt. Die Sklaven im heutigen Sprachduktus Zeitarbeitskräfte, die Sklaven der Neuzeit. Nach sechs Monaten hat Miriam ein Großraumbüro

angemietet und zwanzig Mitarbeiterinnen. Sie vermitteln Dienstleistungen für alle erdenklichen Bedürfnisse. Problemlösungen, Beratungen für die kleinen und großen Handikaps des Lebens. Es gibt nichts, was ihre Agentur nicht lösen kann. Das spricht sich schnell herum und ist der Garant ihres Erfolges. Sie will den Erfolg nicht teilen, so sein wie einst Rockefeller:
Zwischen Menschen und Waren ist kein großer Unterschied, man nimmt sie, wenn man sie braucht, man nutzt sie, man stößt sie wieder ab, wenn man sie nicht braucht, Hauptsache dass man Chef dabei ist und bleibt, der zielbewusste Unternehmer. Als sie genügend Eigenkapital hat, will sie ihre Partner loswerden, veranstaltet eine Versteigerung und gewinnt. Miriam zahlt sie aus und ist am Ziel.
Ihr Handy nervt sie wühlt unter der Bettdecke bis sie es findet. Zu spät für diesen Anrufer und keine Nachricht. Ihr Kopf brummt, ein schlechter Traum, zu viel Wein in später Nacht.
Sie spürt, die Zeit ist reif für eine Auszeit.
Das sinnliche Verwöhn-Programm in der Wellness-Oase streichelt nicht nur ihre Seele.

Ein klarer Wintertag, sie dröselt im wärmenden Outfit auf dem noblen Liegeelement, akkurat zur Sonne ausgerichtet, in Zweierreihen mit den anderen Luxusweibchen. Neben ihr räkelt sich Jolien, die graue Maus auf der Verliererstraße, aus der AC-Center-Ära. Zwei Tage Sonne pur, mit Gletscherblick, Jagertee und Apres- Ski mit Budenzauber, das hat sie ihr gesponsert. Jolien rackert wieder daheim im grauen Alltagsstress.

Miriam relaxt auf dem Sonnendeck. Geht auf mentale Zeitreise, selektiert pragmatisch ihre Erfolgsstraße. Im Warenkorb sind wieder geklonte „Joliens" im Sonderangebot, Miriam kennt sich aus und macht bestimmt ein Schnäppchen.

## Vier Sekunden

Zwei Menschen auf Kollisionskurs im dichten Menschengewühl. Ich verspüre einen stechenden Schmerz in meinem linken Fuß. Zeitgleich stoßen wir mit den Oberkörpern aneinander. Erschreckter Blickkontakt.

Mein Unterbewusstsein registriert den winzigen Ansatz eines Lächelns. Ihre übergroßen fächerförmigen Wimpern nicken zeitlupenartig wie Schmetterlingsflügel. Unsere Arme berühren sich unkontrolliert. Zielorientierung zweier Havaristen im wilden Menschengetümmel.

Der Schmerz im Fuß wird mit einer Duftwolke sinnlicher Verführung betäubt. Gelähmt, unfähig einer Reaktion, verharre ich in devoter Pose eines erlegten Wildtieres und schaue ihr in die Augen.

Ein Rempler an meiner rechten Schulter holt mich aus meinem „Sekundenblitz" zurück.

Dieses außerirdische Wesen wird zeitlupenartig in das pulsierende Gewühl gezogen. Wäre nicht dieser sinnliche Duft, der sich langsam im Wirbel der hastenden Meute aufzulösen beginnt, ich würde es nicht glauben.

Vier Sekunden wie eine gefühlte Stunde einer unglaublichen Begegnung. Ich schließe die Augen um das eingefrorene Bild zu konservieren. Doch es verblasst zeitlupenartig wie eine sterbende Sternschnuppe am Septemberhimmel.

Ihr Narkotikum, das betäubende Rauschmittel als Parfüm getarnt, gibt sich auf und entweiht profan diesem Augenblick. Ich spüre wieder die Rempler an meiner Schulter und den Schmerz im Fuß.

Der Abdruck ihrer High-Hell-Stilettos, mein schmerzendes Souvenirs an eine unglaubliche Begegnung. Das Alter weckt Begehrlichkeiten der besonderen Art.
In meinem Lebensherbst zeigt mir die Weisheit des Alters die Grenzen. Gibt meiner Phantasie noch einmal einen winzigen Schub für Träume und schenkt mir ein Lächeln an diese Erinnerung. Ich nehme es mit meiner Fantasie an und denke, was wäre wenn.

## Märchenstunde

Die Welt ist nicht so kompliziert wie wir manchmal glauben.
Wenn wir in unserer ach so sachlichen logischen Welt, der Phantasie Raum geben zum Träumen. Wenn wir uns verzaubern lassen von der Magie der Träume. Wenn wir das Geschehene, das wir nicht verstehen, als kleines Wunder tolerieren können. Wenn wir es einfach zulassen.
Nichts im Leben passiert rein zufällig
Im unsichtbaren Sternenregen rackern Engel in Sonderschichten. Nicoles unsichtbarer Begleiter-Engel spielt das Navi für die Zukunft.

Nicole verlässt die eingefahrenen Laufwege zum Shopping in das unbekannte Einkaufs-Center. Inmitten Kaufrausch-Gaffer-Pulks, der ‚Pas de deux' im Kreisverkehr der Lemminge-Wanderung. Er endet regelwidrig mit einer Karambolage.

Der männliche Engelsbote zieht seinen Fußauftritt von Nicoles Schuh und haucht eine zauberhafte Entschuldigung in ihre geröteten Wangen. Augenblicke, explodierende Feuerstein-funken. Der ‚Traummann' weicht respektvoll in Zeitlupe zurück. Beugt sich lächelnd über die ergriffene Hand von Nicole und zelebriert einen perfekten Handkuss. Lächelnd wird dieses ungewöhnliche Schauspiel von der drängenden Meute begafft. und aufgesogen. Augenblicke später entschwindet er in dem hektischen Treiben.

Nicole schwimmt wie eine haltlose Boje im wogenden Getümmel, findet einen Ruhepunkt an einer Schaufensterscheibe. Der Rausch, die Magie des Augenblicks hat sie völlig durcheinander gebracht.

Ihr Herz rast und ihre Beine schwächeln. Ihr Engel nutzt schamlos ihre Schwäche und gießt Öl in das Feuer. Nicole sucht einen Platz, der sie auffängt. Zur linken Seite entdeckt sie ein Café. Sie wühlt sich hindurch und findet einen Platz.

Was war das eben, geht es ihr durch den Kopf? Sinnfindung meiner Gefühle.

Vorn im Eingangsbereich, an den Stehtischen herrscht reger Betrieb. Ein Mann steht an einem der Tische, dreht sich langsam um. Er lächelt sich in ihr Gesicht. Wenige Augen-kontakte reichen, sie lässt es geschehen. Er kommt zu ihr an den Tisch, knüpft da an wo sein Handkuss endete.

Der Engel schießt Pfeile im Sekundentakt. Der unbekannte Mann berührt Nicole mit den Augen, seinem Lächeln, seinen Worten.

Der Verstand nimmt eine Auszeit, er würde nur diesen Wahnsinn der Gefühle stören. Er muss sie wieder sehen, flüstert er leise. Sie ist schon lange wehrlos in Worten und Gesten.

Der unsichtbare Engel lächelt weise, er kennt dieses Spiel und seinen Auftrag. Der Traummann kann zaubern, sie schweben auf Wolken. Die Liebe streut Rosen ohne Dornen.

Schnitt- die Macher solcher Szenarien sind Spezialisten. Sie wissen genau wie die Menschen ticken. Wie sich die Fernsehkonsumenten gezielt manipulieren lassen.

Das Werbefernsehen spult sein gezieltes Programm ab.

In dem nun eingespielten Werbe-Clip preist ein schlafender Senior mit onduliertem Silberhaar das ultimative Supermittel gegen Blasenschwäche in der Nacht an. Am unteren Bildrand läuft derweil die Minutenuhr rückwärts, nur ein Spot, dann geht es weiter mit der ‚Schmonzette'.

*Die leibhaftige Nicole geht mental in den Stand-By-Zustand und zur Toilette. Als willige, manipulierte Zuschauerin dreht sie freiwillig ihre Runden im Hamsterrad-Kino der Macher. Nicole wieder zurück, schaltet auf Gefühl um und fiebert dem Film-Happy-End entgegen. Getaktete Gefühlsduselei nicht nur für Nicole. Das sind die kleinen Fluchten aus der manipulierten Realität.*

## Metamorphose

Viele Menschen haben den Kontakt zur Umwelt genauso verloren, wie zu ihrem eigenem Körper. Besitzen heißt auch Zerstören, glauben sie, in der Liebe wie in der Natur. Im Kindergarten herrscht schon früh die Ellenbogenmentalität. Wenn Eltern die Rangeleien ihrer Kids zu eigenartigen Nebenschauplätzen mit anderen Eltern ausufern lassen. Scheinwelten und Alltagsrealitäten buhlen um die Macht, Paradigma des Seins.

Das Kompendium des Lebens wird ständig erneuert, das Rad neu erfunden. Respektlos wird die sogenannte Altersweisheit von den Jungen als lästiger Anachronismus abgetan. Es lebe die Anarchie. Ist es die Nähe zum Ende, oder das großzügige Zeitkonto, über das manche jetzt im Alter, in ihrer Restlaufzeit des Lebens verfügen.

Sie kramen im Gestern, Rückblende, Bestandsaufnahme, Inventur, was wurde versäumt, was gelang formidabel. Sie ziehen immer häufiger Wartenummern in überfüllten Praxen. Sie werden immer jünger, die Wartenummernzieher. Das digitale Zeitalter macht knallhart aus einer sanften Sinuskurve einen brutalen digitalen Null- Eins- Durchlauf auch für die Mittelklasse. Als ‚Null' mit fünfundfünfzig Jahren wird er zum alten Eisen gestempelt. Die Zeit hat eine neue Dimension, viel Zeit jetzt für läppische Spielchen. Findige Köpfe wecken in den Medien nie gekannte Bedürfnisse und verballhornen die süchtigen Zeittotschläger mit Internet-Spielchen. Sie rennen wie verrückte nach imaginären Scheinmonstern durch Häuserschluchten und Parkanlagen. Das Internet die Vignette, das Vivat für die virtuelle Realität, verzückt die Traumtänzer an ihren

Spielekonsolen und auf dem Tablet der Neuzeit. Mancher fühlt sich unterfordert, spürt wie seine Zellen aufmucken. Sie verlangen nach Futter, suchen die eigene Kreativgestaltung für Problemlösungen. Die Schlaumacher in den Betreuungs-Ämtern stacheln an. Sich mit einbringen heißt die Devise.

Egal wie alt du bist. Suche die Herausforderung und nimm sie an, aber wie und wo. Eines Tages schleicht die Monotonie als unsichtbarer Nebel durch alle Türritzen in die Wohnungen. Sie hat die Gleichgültigkeit im Gepäck. Dessinteresse paart sich unheilvoll mit Gleichmut.

Der Lebenspartner ist schon lange nicht mehr im Fokus der Begierde. Die Lust auf die Lust verkümmert zur Nebensache. Der Pas de deux steht im Stau, mitten im limbischen System. Miteinander nebeneinander, sie reden nicht mehr darüber. Lesen dicke Bücher, werden sich immer ähnlicher im Denken und Handeln. Lachen an der gleichen Stelle, oder gar nicht.

Die Spontaneität verkümmert im Tunnelblick. Er schaut über den heimischen Tellerrand und entdeckt Parallelen. Doch alle seine Wegbegleiter aus turbulenter Zeit sind schon lange eingeknickt, auf das gleiche Niveau, schade.

Oder sie verschwinden plötzlich so mir nichts dir nichts von der Landkarte des irdischen Daseins.

## In der Mitte der Wahrheit

In der Mitte der Wahrheit des Lebens liegt auch die Erkenntnis der Ohnmacht, weil die anderen deine Lebensweichen stellten. Schicksal, Zufall oder Bestimmung, eigentlich egal, wie man es nennt. Wer sagt Bescheid, wenn eine Weiche eingefroren ist, wenn es in eine andere Richtung geht? Die Weisheit des Lebens weckt Begehrlichkeit, die Dummheit wird zum Stolperstein. Und die Kalendertage fliehen im schnellen Taumel der Zeit, so ist das Leben. Gernot M. hat die Zeichen der Zeit erkannt. Er will Bilanz ziehen,
zur Standortbestimmung. Gernot M. blättert in seinem Lebenstagebuch der Erinnerung. Öffnet wahllos ein Türchen, wie von einem Adventskalender. Offenbarungen zerplatzter Seifenblasen-Träume, im Wechselspiel mit erfüllten, kleinen Belohnungen.
Weiße Flecken auf der Landkarte der Erinnerung machen ihn neugierig. Warum ging es plötzlich nicht mehr, warum

haben wir uns aus den Augen verloren. Lachen, Schmunzeln und nachdenkliche Momente wecken Emotionen. Im Nachhinein sieht vieles anders aus. Der Abstand gibt das Recht zur Neubeurteilung und macht neugierig. Was ist aus diesen Menschen geworden, wo sind sie jetzt, was machen sie?

Vom Klischee zur profanen Realität. In einem kleinen abgeschabten Koffer auf dem Schrank befindet sich der obligatorische Schuhkarton. Hier haben sie überlebt, die Fotos, die Briefe. Als konservierte Momentaufnahme sie sind zu historischen Souvenirs mutiert.

Es sind Zeugnisse von Eitelkeit, verletzten Gefühlen, großer Liebe und großen Enttäuschungen. Eingefrorene Zeitzeugen, die nun Jahrzehnte später wieder das Tageslicht erblicken. Gernot M. findet eine Liste mit Telefonnummern und Adressen aus alter Zeit. Gernot M. packen Zweifel über den Sinn seiner Recherchen. Er findet keine Antworten, fängt ganz unten an. Ihr Name ist Inge und sie wohnte nur zwei Häuser weiter. Sie gingen bis zum Schulende in die gleiche Klasse, damals vor sechzig Jahren. Dann ging jeder seinen Weg. Zum Klassentreffen vor langer Zeit, in der Mitte des Lebens, haben sie sich einmal wieder gesehen, doch kaum wiedererkannt. Gernot M. durchstreift das Telefonbuch und findet eine Inge, die es sein könnte.

Er wählt Telefonnummern und hat Glück. Es kommt zum Gespräch und zum Treffen zwei Tage später.

Zwei Lebensveteranen schaufeln in einer Konditorei Schlagsahne und Schwarzwälder Torte in sich hinein. Kramen verstaubte Pakete der Erinnerung aus verstaubten Regalen. Sie kommen wieder, die Erinnerungen, werden als Puzzle zusammengefügt. Manche ernst und opulent, wie auf einem Tablett serviert, leichtere zaubern Lachfalten in frohgelaunte Gesichter.

Der Obstler löst die Zungen und dann macht er sie schwer. Sie wollen miteinander telefonieren, das ist doch das Mindeste, versprechen sie sich. Die Wochen vergehen, werden zu Monaten, Gernot M. hat auf ihren AB gesprochen, es gibt keine Antwort. Gernot M. ist in der Stadt zufällig da, wo Inge eine Straße weiter wohnt. Er steht vor ihrer Tür und klingelt, vergebens. Er will wieder gehen, da öffnet sich die Tür einen Spalt.

Gernot M. lässt sich überreden und sitzt Augenblicke später in der Küche von Inge. Hier offenbart sich das ganze Ausmaß des Dramas. Jetzt gibt es andere Wahrheiten des Lebens. Sie hat sie alle geliebt, ihre Männer haben sie betrogen und ausgenutzt. Der einzige Freund ist der Alkohol, lallt sie mit schwerer Zunge. Auf ihn ist wenigstens Verlass. Es waren immer die falschen Männer. Sie schüttet ihren ganzen Seelenschmerz auf den Tisch und muss weinen.

Einige Männer habe sie auf ‚Entziehungskuren' kennengelernt. Aus dem gleichen ‚Stall' mit dem gleichen ‚Stallgeruch', mit den gleichen Problemen, das ging nie lange gut. Gernot M. fühlt sich überfordert von der Situation, trinkt mit und verlässt nach zwei Stunden die Wohnung.

Der Morgen danach zelebriert die allseits bekannten Folgen. Gernot M. martert sich mit Schuldgefühlen. Er will Inge helfen, den Teufelskreis zu durchbrechen. Er hat sich sachkundig gemacht, wie es gehen könnte. Auf seine Anrufe reagiert sie nicht. Wieder vergehen Wochen, wieder klingelt er vergeblich an ihrer Tür.

Eines Tages, Gernot M. steht unschlüssig vor ihrem Haus. Eine alte Dame, Wohnungsnachbarin von Inge, hat Gernot M. bemerkt und bittet ihn in ihre Wohnung. Gernot M. ist mit seinen Gedanken sind schon einen Schritt weiter. Dann wird es zur Gewissheit, Inge hat keinen Sinn mehr gesehen. So stand es ungelenk geschrieben auf einem Zettel auf ihrem Küchentisch. Der Alkohol hatte als Weichensteller den Kurs bestimmt.

Die Erkenntnis, sich nicht befreien zu können, ihr Leben wieder eigenständig zu bestimmen, löste das Ticket zur letzten Reise.

Ist es das, was das Leben will, noch einmal mahnend den Zeigefinger in die Wunde legen. Gernot M., wenn du schon auf Spurensuche gehst, warum fängst du nicht bei dir selber an. Öffne die Schubladen deines Lebens, schonungslos.

Du wirst staunen, was du da alles wiederfindest. Wer war dir wirklich wichtig im Leben? Warum sind Freundschaften zerbrochen? Fang ganz klein an, ganz unten in der Schublade.

## Die Sache mit den Fahrrädern auf dem Autodach

„ Nun machen sie schon den Mund auf", sagt sie, „jetzt ist es doch nicht mehr zu heiß"

Ich spüre, wie sie mit dem Löffel an meinen Lippen herumstochert. Ihr Gesicht ist jetzt ganz nah, ich kann sie ganz deutlich erkennen. Sie lächelt mit ihren dunklen, großen Samtaugen.

So wie damals, als sie verkehrt in die Einbahnstraße fuhr. Ich sprang auf die Fahrbahn, sie hätte mich beinahe überfahren. Auf den Schreck hin tranken wir einen Kaffee im Coffee-Shop, gleich gegenüber. Wir redeten und lachten, sie konnte so herrlich albern sein. Nach einer Stunde lagen wir im Bett des kleinen Parkhotels, wir ließen beide unsere Termine sausen. Danach haben wir uns nicht wieder gesehen. Dabei wollte ich sie noch fragen, was es mit den Fahrrädern auf dem Autodach auf sich hat.

Sie tut mir jetzt weh, mit dem stochernden Löffel an meinen Lippen. Ihr Blick wird zornig, selbst da sieht sie noch unglaublich schön aus.

Ich darf es nicht übertreiben, öffne den Mund. Ich mag diesen Brei nicht, dieses ekelige, fade Zeug. Ich schlucke es nur ihretwegen, damit ich sie länger bei mir habe. Schon stochert sie wieder an meinem Mund.

Das Spiel beginnt wieder von vorn. „Einen Löffel noch, dann haben wir es geschafft". Ich tue ihr, doch eher mir den gefallen, sehe mich dabei satt an ihrem Lächeln. „Na bitte, geht doch", dabei wischt sie mir den Mund ab. Während sie mir den Latz abbindet, denke ich, sie sieht noch genau so jung wie damals aus, warum bin ich nur so schnell, so alt geworden.

Ihre Hand streicht kurz über meinen Kopf, ein wohliger Schauer läuft mir über den Rücken.

Sie bugsiert geschickt meinen Rollstuhl durch den Parcours aus dem Essenraum. Die letzten Meter über den langen Korridor, fährt sie mit mir im Zickzack und mit hohem Tempo. Ein Gaudi, ein Spaß den wir beide lieben und ich mit quickendem Lachen begleite, sie vergisst es nie.

Einmal hätten wir beinahe einen Zivi umgefahren. Sein rettender Sprung zur Seite brachte eine Yucca-Palme in Schräglage. Sie bringt mich ins Bett, Mittagsschlaf für die über 80-jährigen Fossilien im Heim.

Als sie schon wieder weg ist, fällt mir ein, ich vergesse sie immer wieder zu fragen, was es mit den Fahrrädern auf dem Autodach auf sich hatte. Und wie sie es schafft, dass sie immer noch so jung aussieht wie damals.

## Die Vorhersehbarkeit der Dinge

Meine Welk-Zeit-Fantasien zur blauen Stunde erzeugen Rückenschauern mit Fensterblick, als Warteblick. Der Nackenschalk kichert frech, soll das alles gewesen sein? Meine Fantasie weckt Begehrlichkeiten. Darf's ein bisschen mehr sein, du Prünelle! Heidewitzka da geht aber die Post ab! Wo bleibt das Niveau, Herr Poet? Niveau, Niveau, mein Gott was soll das.

Die Fantasie lechzt nach Aphorismen. Nein so geht das nicht, auf Bestellung ‚Klugscheißern'.

Das limbische System droht mit Blockaden. Konzentriere dich oder zieh die Reißleine, du Depp. Die Ideen dümpeln wie im abgestandenen Entengrütze-Teich. Die Nachtmahre ziehen jetzt ihre abgewetzten Dämmerungsteppiche über die Häuserdächer und verschleiern den letzten Blick.

Die Uhr tickt unverdrossen weiter. Da zuckt die Fantasie wie im letzten Fieber, Ei da geht noch was. Die ewige Sünde, das Weib steht auf dem Spickzettel. Na bitte, da hast du deine Gedankenblase, du alter Schlawiner. Tod und Teufel, oder Harfengeleier mit Engelsgesang. Nun dümpelst du im Zweifel, der Zweifel ist das Wartezimmer zur Erkenntnis.

Du willst gern wissen, wer heimlich in der Nacht den Kontroll-Scanner für dein Verfalldatum über dich zieht, du Schlomo. Ich sag es dir, kichert der Nackenschalk. Sie heißt Lilith und ist ein weiblicher Dämon.

Es steht sogar im Talmud, aber ohne Rampenlicht. Überall wo Zweifel sind, ist Luzifer schon lange da. Du hältst dagegen, ziehst deinen Schutzengel aus dem Ärmel. Sandkastenspiele im Kopf-Kino.

Du Narr, worauf willst du hinaus? Goethes Mephisto hat das alles geklärt, auf höherem Niveau wie sich das gehört. Das ist ja der Trick, keiner weiß, ob es stimmt. Nimm deinen Engel in den Arm, träume den Traum vom ewigen Leben oder was dir gut tut. Mein Nackenschalk speit Gift. Einlullen, mit Weihrauch, Orgel-Gedöns und Petersdomglockengeläut. Jetzt reicht es mir, ich greife nach der Reißleine über mir. Halt, halt, hast du nicht einen Schweinehund wie alle anständigen Menschen? Ich habe genug von diesem Palaver, hör ich mich sagen.

Denk doch mal logisch. Jeder hat eine Seele, keiner weiß genau was es ist, oder doch? Die Seele lebt weiter, egal was passiert.

Die Seele ist etwas ganz Besonderes, sonst wäre Luzifer oder die Kirche nicht wie der Teufel hinter ihr her. Vielleicht ist der Teufel ein Vampir, ernährt sich von den Seelen der Gestorbenen. Und die Engel brauchen die Seelen im Paradies für ihr Harfenspiel als Harmonie- und Applaus-Publikum. Es soll ja viel Platz da oben sein, sagt man. Einer freut sich immer über deinen Exitus, nun zieh schon eine Wartenummer.

So geht das nicht, auf Bestellung die Löffel abgeben, wo sind wir denn! Genau, wo sind wir denn du Prünelle, raunzt der Nackenschalk.

Schon krallt die Hand die Nabelschnur zum Schwestern-Alarm.

Nichts tut sich, verrecken kann man hier. Die Zeit stapelt den Minutenturm immer höher.

„Na was haben wir denn schon wieder?", barsch der Ton mit Drohgebärden. Sie mag mich nicht, ich fühl's ich sah's, hab's gleich gewusst, beim ersten Blick. So nicht, nicht mit mir Schwester, na wie heißt sie noch? Ich sage nichts, jetzt geb's ich ihr ganz dicke. Hab sowieso vergessen, was ich wollte.

Sie fühlt meinen Puls, die Stirn, meinen Blick. Wortlos, herzlos wie immer, schwebt sie von dannen.

Das Licht geht aus, die Tür macht Flopp. Schlafmohn rieselt nun von der Decke.

Da ist er wieder, mein Engel von neulich. Komm setz dich zu mir auf das Bett, hör ich mich sagen.

„Scheherazade, Märchenerzählerin aus Tausendundeiner Nacht, was gibt's Neues in eurem Revier?" Sie lächelt ihr Engels-lächeln, ergreift meine Hand. „Komm mit, ich zeig es Dir".

Ich denk an Lilith, Luzifers Braut und die Harfenengel im Tal der ewigen Harmonie. Frohlockend springe ich aus dem Bett. „Ich frage wo es hingeht, ob ich was brauche für die Reise". Sie legt mir den Finger auf die Lippen und zieht mich sanft in die Höhe.

Wir schweben Hand in Hand, durch weiße, warme Wattebausch-Wolken, auf Nimmerwiedersehen. Na die Gesichter möchte ich sehen, wenn sie alle vor meinem Bett stehen. Und alles ohne Wartenummer, geht doch.

Dem Luzifer und den Harfenengeln habe ich ein Schnippchen geschlagen, gell!

## Vom Anfang bis zum Ende

Als ich alt genug war, mich zu wehren, habe ich mich jedes Mal angeekelt weggedreht. Doch sie war immer stärker.

Einmal glaubte ich, sie schafft es nicht. Es sprang nur ein Teilerfolg für mich heraus, doch es machte Mut auf mehr. Zumindest hatte ich Zeit geschunden, es war aber nicht mein Verdienst. Gerade als sie zu einem dieser ekeligen Angriffe ansetzte, kam eine Nachbarin aus unserem Haus. Diese Frau hatte keine Kinder und hätte sich vielleicht ebenso geekelt wie ich. Meine Freude währte nicht lange. Kaum war die Frau verschwunden, begann die Tortur von vorn.

Sie speichelte kurz ihr Taschentuch feucht und rieb mir damit blitzschnell über Nase und Mund. Immer in dieser ekeligen Reihenfolge. Obwohl ich wusste, es bringt nichts, verfiel ich in lautes Gezeter. Doch nicht lange, irgendwie verstand sie es, durch banale Lappalien oder neckische Worte das Kriegsbeil zu begraben. Eines Tages kam ich dahinter, ich könnte selbst für eine Einstellung dieser Attacken sorgen. Ich gab ihr immer weniger Grund das Taschentuch so obszön zu befeuchten, um mir damit in meinem Gesicht herum zu fahren, indem ich ihr die Grundlage dazu entzog. War dieser ‚Putz-Wahn' meiner Mutter eine fürsorgliche, traditionell übliche Mutterpflicht, oder schämte sie sich meiner?

Im do-it-yoursef versuchte ich, mehr oder weniger schlecht, für die Beseitigung des ‚Corpus-Delicti' zu sorgen. Das Nachwischen von ihr wurde von Mal zu Mal geringer.

Das hatte Spuren hinterlassen, ich muss über mich selbst bestimmen können, nur so bin ich ein freier Mensch.

Das Leben zeigte mir schnell sein sensibles Regelwerk, verwies mich in Schranken und bestimmte, was ich zu tun habe. Alles das liegt nun weit hinter mir und ich liege genau zwischen zwei Zielen auf dem harten Boden im Korridor meiner Wohnung. Hinter mir, in zwei Metern Entfernung ist die Tür zum Schlafzimmer. Vor mir, einen Meter entfernt, die Tür zur Toilette, mein eigentliches Ziel.

Meine Beine haben versagt, nicht zum ersten Mal. Für solche Situationen gibt es Absprachen mit den Nachbarn unter mir und über mir. Wenn ich Hilfe benötige, klopfe oder rufe ich. Mal hört es der Mieter über mir, ein anderes

Mal der Mieter unter mir. Sie haben Schlüssel, helfen mir, wieder in mein Bett zu kommen. Heute hört mich keiner, ich fange an zu frieren. In drei Monaten werde ich einhundertundzwei-Jahre alt. Ich lebe seit 20 Jahren allein in dieser Mietwohnung, im Märkischen Viertel in Berlin. Drei Mal am Tag kommt eine ambulante Pflegekraft für persönliche Zuwendungen im Sekundentakt.

Es gibt einen genau strukturierten Zeitplan, der auf meine Bedürfnisse zugeschnitten ist und von der Pflegekraft im Eiltempo abgearbeitet wird.

Meine Kinder haben keine Zeit und wollen mich deshalb in ein Heim bringen, ich will aber nicht.

Durch die geöffnete Küchentür dringt jetzt zaghaft das nahende Morgenlicht und bildet Schatten. Das erinnert mich an ein Experiment in der Grundschule. Wenn wir im Leben vor bestimmten Entscheidungen stehen und uns keine Lösung einfällt, sollten wir möglichst viele Sichtweisen benutzen, sagte unser Lehrer damals.

Mit einem Beispiel wollte er zeigen, was er damit meint. Wir sollten uns alle auf die Stühle stellen, oder auf den Boden legen, und schon sah die Welt ganz anders aus. Nun liege ich hier auf dem Boden und warte auf Hilfe. Die

Erkenntnis der anderen Sichtweise hilft mir in diesem Fall nicht.

An der Tür schließt jemand, Gott sei Dank es kommt jemand.

Sie haben es geschafft, „Ultimum Refugium", die letzte Zuflucht. Ein Zweibettzimmer, mein Bett am Fenster, als letzte Bleibe. Ich wurde zum Problemfall im Haus, jetzt bin ich im Wartezimmer zur Ewigkeit angelangt. Keiner fragt mich, was ich gerne zum Mittag essen möchte. Sie sagen mir stolz, was es zu essen gibt, schon eine Woche im Voraus, wenn ich es wissen möchte.
Ich will es nicht, ich will sterben. Es gibt feste Essenszeiten, egal ob ich Hunger habe oder nicht. Es ist alles noch so fremd hier. In meiner Wohnung konnte ich mit geschlossenen Augen durch die Räume gehen, ich fand mich zurecht, alles hatte seinen Platz. Auch später, als ich im Rollstuhl saß, konnte ich allein auf die Toilette gehen. Sicher, in letzter Zeit versagten mir manchmal die Beine, ich musste nach Hilfe rufen.

Gestern Nacht wollte ich hier im Heim auf die Toilette gehen. Drei Meter bis zur Tür, zwei Meter zu viel, ich stürzte.

Es dauerte lange bis sie mich fanden, genau wie damals zu Hause. In der nächsten Nacht klingelte ich, wieder eine Ewigkeit bis jemand kam und mich auf die Toilette brachte. Ich gab nicht auf, wollte es nachts wieder allein schaffen, versagte und hatte am nächsten Tag blaue Flecken vom Sturz.

Eine Begleitung auf die Toilette wurde zum Luxus, den keiner bezahlen kann. Ich wurde zum Risikofall, seitdem bin ich in der Liga der Windelträger angekommen, Inkontinenz stand bisher nicht auf dem Plan.

Wahrung der Würde, keine Spur. Ich musste lernen, mit der Windel zu leben, so wie ich vor vielen Jahrzehnten lernte, ohne Windel zu leben. Zurück zu den Wurzeln.

Falls ich dennoch das Verlangen nach eigenständiger Toilettenbenutzung verspüre, ein Bettgitter verhindert es jetzt, es dient meiner Sicherheit, sagen sie. Die Gnade meiner zunehmenden Schwerhörigkeit erspart mir die Schreie und Rufe, aus den Zimmern und Fluren dieser Aufbewahrungsanstalt. An die uringeschwängerte Luft habe ich mich schon gewöhnt. Es war nicht mein Altersstarrsinn, es war das Wissen und das Ahnen, von dem, was mich hier erwartet.

Es gab keine Alternative, ich sehe es ein. Das Sehen und Hören verbündet sich in ambivalenter Eintracht. Mein Sehvermögen reduziert sich auf ein Mittsommernacht-Niveau mit Sonnenbrille. Das Hörgerät schafft nur noch tumbe Laute, es bleibt jetzt immer öfter in der Schublade. Sie füttern mich jetzt mittags, für diese Momente bin ich wieder stolzer Gebiss-Träger. Danach wird es sicher verwahrt, zur Vorsicht, sagen sie. Es sitzt nicht immer fest an seinem Platz, es wäre einmal fast unter die Rollstuhlräder gekommen. Die Frühstück und die Abendbrot-häppchen darf ich selbstständig vom Tablett ertasten. Der Trinkbecher hat zwei Henkel, wie zu meiner Kinderwagenzeit. Sie binden mir einen Latz um, das rundet das Bild von dem gewindelten Latzträger.

Als Rollstuhl-Sitzer in der zweiten Reihe erahne ich nur die therapeutischen Gehirnjogging-Spiele. Namen, Tagesdatum erraten, Bälle fangen und an Leinen ziehen, Fingergymnastik und Liedtexte erraten.

Meine Welt ist dunkel geworden und wird immer stiller. Wenn ich frisch gewindelt zur Nachtruhe in meinem Gitterbett liege und trotz Einschlafdroge nicht zur Ruhe komme, blättere ich in meinem Lebenskalender rückwärts. Dann gehe ich auf Gedankenreise, meine Erinnerungen lassen es Gott sei Dank noch zu. Manchmal wünsche ich mir, dieses angefeuchtete Taschentuch von damals würde mir wieder über das Gesicht fahren. Nicht weil da was sein könnte, einfach so, ich würde mich auch nicht ekeln.

Das sind Augenblicke, die mir besonders wehe tun in dieser Dunkelheit und in meiner Einsamkeit. Es ist keiner mehr da, der meine Hände hält oder ein tröstendes Wort sagt.

Oft weine ich dann, ohne Tränen im Gesicht. Dann wünsche ich mir einen Engel, der mich endlich holt. Manchmal fange ich dann an zu singen, vielleicht hört er mich. Ich werde ihn ganz streng fragen, warum er so spät kommt und wohin die Reise geht.

*„Nascentes morimur, finisque ab origine pendent".*

Indem wir geboren werden, sterben wir, und das Ende beruht auf dem Anfang.

Geschichten, erlebtes, gehörtes. Poesie einer Großstadt mit ihren individuellen Befindlichkeiten.
Ich möchte sie nicht missen, die Menschen, mit ihren Schwächen. Schrill, überdreht, still
und besinnlich. Wohl wissend das es ihr Schicksal ist.

Die Gnade des Älterwerdens beschert manchem früher oder später eine Demenz. Das Fatale daran, wenn die Demenz dabei ist, das Gedächtnis zu entrümpeln, macht sie vor auch den schönen Erinnerungen nicht halt. Das ist unfair!

## Der Autor

Manfred Schmidt, Jahrgang 1941 aus Schlesien, ist verheiratet, hat eine Tochter und lebt seit 1945 in Berlin.
Er hat einen techn. Beruf erlernt und hat nach der Wende als Dozent Teamwork-Seminare an der VHS Dresden / Berlin abgehalten. Immer kunstorientiert, an Abendschulen künstlerisches Gestalten und Kenntnisse über Maltechniken erworben. Bilder gemalt und Holz-Skulpturen geschnitzt.
Auf dem Darß gesurft, auf der Ostsee gesegelt. Er ist mit dem Fahrrad durch halb Europa geradelt.
Beiträge in Presseerzeugnissen und begeisterter Schreiberling. Prosa und Geschichten aus dem ganz normalen Wahnsinn des Alltags geschrieben.

Inhaltsverzeichnis

| | |
|---|---|
| 6 | Einleitung |
| 7 | Maustot |
| 15 | Halleluja |
| 17 | Schamlos |
| 18 | Das Luxusweibchen |
| 23 | Der kleine Muck |
| 26 | Der Fingermann |
| 28 | Die Qual der Wahl |
| 32 | Besinn dich deiner Stärken |
| 36 | Hermanns Ende |
| 40 | Eine Braut für Christian |
| 43 | Tante Merlit |
| 48 | Benno |
| 52 | Die Kräuterfee |
| 55 | Clemens der Wackere |
| 60 | Die Taube |
| 68 | Der Traumfänger |
| 72 | Olaf und die Angst |
| 77 | Trecker Bilder |
| 82 | Der Millennium-Phönix |
| 89 | Hans |
| 106 | Flugbestäubung |
| 108 | Die Absprache |
| 111 | Yuppdidu |
| 115 | Schorsch |
| 120 | Sie weiß was sie will |
| 124 | Tiefgefroren |
| 131 | Alles nach Plan |
| 137 | Günter ohne H |
| 146 | Risiken und Nebenwirkungen |
| 155 | Jeder Tag zählt |
| 158 | Das Leben war nicht fair |
| 168 | Eule und Lerche |
| 172 | Auszeit |
| 177 | Rolf on Tour |
| 181 | Das ist erst der Anfang |
| 189 | Memo |
| 195 | Auf Rockefellers Spuren |
| 198 | Vier Sekunden |
| 200 | Märchenstunde |
| 204 | Metamorphose |
| 207 | In der Mitte der Wahrheit |
| 212 | Die Sache mit den Fahrrädern |
| 214 | Die Vorhersehbarkeit der Dinge |
| 219 | Vom Anfang bis zum Ende |

Weitere Bücher: Auszug aus dem Buch

# Die Millennium-Generation Berlin im Jahre 2030
## von Manfred Schmidt

Das leise Schnurren hat sie überhört, jetzt ist es zu spät. Mit brachialer Wucht hämmert der Techno-Sound sein Staccato. Sie will es so, nachdem sie immer häufiger nicht rechtzeitig aus dem Bett kommt. Fuck, der Wecker bekommt einen Schlag und poltert vom Nachttisch.
Nicht das erste Mal, er wird's überleben, denkt sie, streckt ihre Glieder lang und kriecht aus dem Bett. Das grunzende Gemurmel von Sam hört sie nicht mehr. Die heiße Dusche weckt ihre Lebensgeister.
„We don't need another hero", dröhnt es aus dem Radio. Shelly grölt sich munter, jeden Morgen das Gleiche. Shelly wickelt sich in das Badetuch und geht zum Schlafzimmer.
Sam hat sich unter der Bettdecke zusammengerollt, er will partout nicht raus.
Gerade als Shelly sich auf ihn stürzen will, summt ihr Handy. Unwirsch kramt sie unter den Wäschestücken, Hosen, T-Shirt, und was so alles rumliegt auf dem Boden, nach ihrem Handy. Findet es endlich und liest die SMS. Bitte dringend n die Klinik kommen. Während sich Shelly anzieht, frühstückt und telefoniert, schlurft Sam ins Bad. Sie ruft im Hinauseilen noch einen Gruß, doch Sam hört unter der Dusche nichts mehr.
Zehn Minuten später hat sie die Klinik erreicht In der 14. Etage geht sie bis an das Ende des langen Ganges.
Vor einem Aufenthaltsraum stehen Rollstühle und Gehhilfen im wilden Durcheinander. Der penetrante Uringeruch kriecht beißend in die Nase. Sie setzt sich auf eine Bank im Gang und beobachtet das Geschehen hinter der Glastür.
Shelly sieht eine korpulente Frau im weißen Kittel, umringt von einer Schar von Rollstuhlfahrern. Im hinteren Raum läuft ein Fernseher, vor dem weitere Protagonisten dieses Schauspiels

sitzen. Shelly erkennt ihre Ur-Großmutter, wie sie sich abmüht, den Befehlen der Animateurin Folge zu leisten. Beide Arme langsam anheben, zum Kopf führen und langsam wieder zurück. Nur wenigen gelingt es, die Übungen programmgerecht zu erfüllen. Entweder fehlende Kraft, oder sie können die Anweisungen akustisch nicht mehr wahrnehmen.
Fast alle sind schon hundert Jahre alt, oder kurz davor.
„Himmelspforte" heißt diese Anlage im Volksmund. Zwei sechzig Stockwerke hohe Türme bilden, durch das verbindende Quergebäude, ein gewaltiges Tor. Eine riesige Betreuungsfabrik für das würdevolle Altern. Betriebswirtschaftliche Aspekte sind ausschlaggebend für diese Art der Konzentration. Das ist nicht die einzige Anlage dieser Art.
„Die Menschheit altert in unvorstellbarem Ausmaß", hieß es zum Millennium. Wenn keine Seuchen oder Kriege die Menschheit heimsuchen, wird es im Jahre 2020 ein riesiges Heer von alten Menschen geben.
Vor zehn Jahren haben Genomforscher den kompletten genetischen Code des Menschen zusammengestellt. Das hat zu enormen gesellschaftlichen Konflikten geführt, was die Offenlegung der genetischen Grundlagen betrifft. Keiner weiß, wo der Weg hinführt.
Die Animateurin beendet mit der Sprachübung ihre therapeutische Unterweisung. Shelly holt ihre Ur-Großmutter und fährt sie im Rollstuhl auf ihr kleines Zimmer. Die alte Dame ist 101 Jahre alt, fast blind und hört sehr schwer. Letzte Nacht hatte sie Kreislaufprobleme, die Schwestern verständigten Shelly. Nun geht es ihr etwas besser. Shelly hat ein Stück Räucheraal mitgebracht, Oma isst ihn doch so gern. Eigentlich darf sie nicht, ihre Cholesterinwerte sind zu hoch.
Aal gibt es schon lange nicht mehr auf der Speisenkarte der Klinik. Shelly hat viel dafür bezahlt, macht es gern für Oma. Seit dem Millennium haben Wissenschaftler festgestellt, hat sich der Golfstrom immer weiter um wenige zehntel Grad erwärmt. Die Golfströme haben geringfügig ihre Richtung geändert, und die Glasaale aus dem Laichgebiet...........................

**Gnadenlos ehrlich**

**ISBN 9783743109698**

**Autor Manfred Schmidt**

Im Internet und Buchhandel
als Paperback und E-Book erhältlich

E-Mail mamoma41@web.de
Die Übernahme und Nutzung von
Texten und Fotos
Bedarf meiner schriftlichen Zustimmung.

Herstellung und Verlag
BoD-Books on Demand, Norderstedt